골목길 카프카

어떤 베이비부머의 유년시절

골목길 카프카

고원영 글·사진

어떤 베이비부머의 유년시절

한스하우스

여는 글

한때 고도 경제 성장이 개인의 성공이나 행복으로 연결되리란 믿음이 강했다. 비록 민주주의로 가는 길이 요원했지만, 국가가 주도하는 '성장 신화'에 기대를 걸고 묵묵히 일한 사람이 적지 않았다.

하기야 나처럼 1958년을 출생신고서에 올린 세대나 그 전후 세대에게는 국가가 곧 출생배경이었다. 6.25전쟁으로 한반도 인구는 급감했다. 부족한 노동력을 보충하려는 국가의 출산장려정책으로 베이비부머(Babyboomer)라고 부르는 다산성의 세대가 등장했다. 그후 산업화와 건강한 자본주의를 명분으로 20어 년이 넘도록 지속해온 군사독재와 재벌의 독점경영이 우리의 성장배경이었다. 우리 대부분은 학교와 공장과 군대에서 딱딱하게 굳은 혀를 입속에 넣고 다녀야 했다. 자신에게는 비겁했지만 그 덕분에 직업을 얻고 결혼을 해서 2세를 출산할 수 있었다. 아무려나 생활인의 자격을 획득하는 것만큼 중요한 일은 없었고, 더러는 나도 이제 중산층이라는 생각에 만족했었다.

그랬던 우리가 불행을 하소연하고 있다.

2020년이 가까운 지금 여러 리서치 전문업체가 설문조사를 통해 베이비부머에게 소망을 물었더니 '삶의 질 개선'이란다. 60년 전이나 지금이나 먹고사는 일에서 벗어나지 못한 현실 앞에 망연자실한 상태다. 문제는 그 걱정거리가 주거비 부담과 노후대책, 질병에 그치지 않고 인간의 근원적인 불행으로 이어지고 있다는 사실이다. 뒤늦게야 우리가 꿈꿔온 세상이 신기루임을 깨달았다. 저 유리빌딩은 양보를 모르는 사고방식만큼이나 차갑고, 저 아파트는 누구에게도 지지 않으려는 언어를 빼닮아 숨 막히게 촘촘하다. 노인을 위한 나라는 없다. 잘 구획된 도시, 깔끔한 거리 위에서 통증처럼 고독을 호소하지만 아무도 들어주는 사람이 없다. 세계 최고의 이혼율, 어디서든 볼 수 있는 노숙자, 점점 연령대가 낮아지는 고독사……. 어디서부터가 잘못일까. 사람들은 두 차례 경제위기를 지목하지만, 나는 재개발과 재건축의 이름으로 탄생한 저 유리빌딩과 아파트 너머를 바라본다.

바로 그곳, 과거 세계를 언제부턴가 카메라를 메고 떠돌아다녔다. 흔하지는 않지만 서울 하늘 아래엔 여전히 좁은 골목과 누추한 집들이 군데군데 남아 있었다. 내가 태어난 돈암동 골목을 누비고 다닐 때는 유년시절의 나를 만날 수 있었고, 오래전 이 세상을 떠난 아버지, 어머니와도 대화를 나눌 수 있었다. 그러나 나는 아직 베이비부머가 안고 있는 난제를 풀어줄, 전지전능하신 신(神)을 만나지는 못 했다.

무엇이 행복일까. 손바닥에 스마트 폰을 올려놓고 세상을 일목요연하게 들여다보지만, 행복은 어디서든 깜깜무소식이다. 우리의 욕심이 지나쳤다. 그 옛날 가난했던 골목길에서도 분명히 행복은 있었다. 금전으로 환산할 수 없는 종류의 행복이었다. 무심코 지나쳐버린 그것이 무엇이었는지 나는 굳이 가리키지 않겠다. 이 책을 읽는 독자와 골목길을 거닐며 함께 찾아보련다.

2019년 1월 2일 사간동에서
고원영 쓰다

차례

언제부턴가 나는
미처 예상하지 못한 불행에 대처하려고
골목길을 걷기 시작했다.

돛배를 타고 어디로 가려 했을까 화폭 가장자리,
판잣집과 대각선을 이루는 곳에 흡사 공중에 뜬 것처럼 궁전이 자리 잡았다.
돛배가 이내 궁전으로 떠나리라고 암시하고 있었다.
-전수민 그림 (아직 듣지못한 풍경, 120x150cm, 한지에 채색, 2014)

골목에서는 실패, 좌절, 가난, 고독⋯⋯.
큰길에서는 잘 보이지 않던 피사체들과 대면한다.

골목의 돛배

인사동 어느 갤러리에선가 빨래가 널린 판잣집 앞에 돛배를 그려 넣은 그림을 보았다. 그 자리에 자동차를 세워 두기에도 어색할 만큼 누추한 집이었다. 집주인은 돛배를 타고 어디로 가려 했을까? 화폭 가장자리, 판잣집과 대각선을 이루는 곳에 흡사 공중에 뜬 것처럼 궁전이 자리 잡았다. 돛배가 이내 궁전으로 떠나리라고 암시하고 있었지만, 왠지 유쾌한 기분으로 이어지는 구도는 아니었다. 전체적으로 채도가 낮은 데다 음울한 색조를 띠고 있어 그런지 몰랐다. 게다가 궁전이 떠받치는 하늘은 검은빛이었다.

골목 어디서든 낡은 자전거나 오토바이 한두 대쯤 벽에 기대 있다. 대부분은 먼지를 뒤집어 쓴, 운행을 중단했거나 고장 난 지 오래된 것들이라 한낮에도 골목길은 어스름하다. 그런 길일수록 사람들의 통행이 드물다. 이방인의 눈에는 텅 빈 것처럼 보일지도 모르겠지만, 골목 풍경에 익숙한 나는 돛배를 찾아온 사람처럼 여기저기 두리번거렸다.

담장 너머에 널린 빨래들을 먼저 찾아내고 카메라를 들어 올린다. 찰칵, 피사체를 담아오는 소리가 이날따라 이상하게도 허무맹랑하다. 아무도 정적을 방해하지 않는다. 통행을 방해한다는 이유로 좁은 골목에 내놓은 녹슨 캐비닛을 치우라고 항의하는 사람도 없다. 카메라는 가득 쌓아 올린 폐지 곁에 빈병처럼 등을 보이고 앉은 노파를 담고서 다른 표적을 찾아 움직인다. 그 사이, 낮은 창문에서 말소리와 텔레비전 소리가 흘러나온다. 어깨높이에서 소리가 들려오고, 반지하 집 창문 곁을 지날 때는 무릎 쪽에서 누군가 수런거린다. 땅에서 아지랑이가 피어오르듯 말소리가 들려온 적도 있었다. 산동네 비탈길이나 계단길에서 이따금 그런 집을 만난다. 땅에 파묻힌 것처럼 느껴지지만 분명히 사람이 살고있는 집. 골목처럼 생의 민낯을 드러내는 곳이 또 있을까. 좁은 거리에서 보행자와 마주쳐 얼굴과 거동을 살펴야 하는 곳도 골목이다. 실패, 좌절, 가난, 고독……. 큰길에서는 잘 보이지 않던 피사체들과 대면한다. 별기척 없이 사는 은둔자를 발견할 때도 있다. 그가 아무리 조심하더라도 카메라 렌즈는 배경을 멀찌감치 밀어내고 그만을 가까이 데려온다. 그의 얼굴과 눈동자에 어린 불안과 평화 중 어느 쪽에 초점을 맞춰야 할까.

골목에 들어서면 벽에 기대 있는 자전거나 오토바이를 종종 본다.
골목이 사라지는 건 자동차가 들어올 수 없기 때문이다.
-보문동 골목

대문에 고지서들이 덕지덕지 붙은 집 앞에 선다. 문패에 집주인 이름과 옛날 주소가 적혀 있다. 담장이 무너지거나 창문이 깨진 빈 집의 내부를 살펴보기도 한다. 대개 그런 집은 고양이들 아지트다. 고양이는 사람이 다니지 못하는 벽과 벽 사이, 기와가 빠져나간 빈 틈에 살림을 차리고 새끼를 낳아 기른다. 발을 교차하듯 앞으로 내밀어 담장 위를 걷다가 지붕과 지붕 사이를 훌쩍 건너뛴다. 사람이 어떤 운명이나 생활에 익숙한 길을 걷듯이 고양이도 그들만의 길을 걷는다.

내 걸음을 멈추게 하는 것은 또 있다. 누가 대문 밖에 내놓은 꽃들이다. 화분이나 스티로폼 상자에 키운 꽃들인데, 뽑으면 비명이라도 지를 듯 붉거나 샛노랗다. 꽃들이 보이니 희망을 노래할 수도 있지 않을까. 문득 제니스 이언(Janis Ian)이 노래한 겨울에(In The Winter)가 떠오른다. 애인과 헤어지고 담요와 낡은 히터에 의지해서 겨울을 나는, 젊지만 가난한 여자는 '괜찮은 나날'이라고 노래를 시작한다. 오후에는 TV를 보고 외로울 때면 옆방에 사는 사람의 목소리가 들려온다고, 자신을 위로한다. '동전 하나면 있으면 전화기를 돌려 신에게 기도할 수 있다'는 노랫말을 듣고는 피식 웃었다. 그러나 나는 그런 종류의 희망에 담긴, 골계에 가까운 비애를 이내 알아챘다.

물론 골목이라고 해서 행복하지 말란 법은 없다. 그러나 거기 사는 사람들 대부분이 도시빈민층인 것도 엄연한 사실이다. 행정당국에서 베푸는 크고 작은 특혜나 선처에도 불구하고 골목에서 보는 담장의 녹슨 철조망과 하수도 뚜껑, 플라스틱 굴뚝과 연탄 등은 비애를 구성하기에 충분한 조건들이다.

강도 바다도 보이지 않는데 어디서 돛배가 흘러왔을까. 그렇게 밑도 끝도 없이 판잣집 앞에 머물렀으므로 하늘로 떠서 궁전을 향해 떠난다고 해도 비현실적이랄 게 없다. 골목에 기대있는 자전거나 오토바이도 덩달아 하늘로 날아오를 수 있겠지만, 골목에서는 꿈조차 덧없고 서글프다. 돛배처럼, 운명처럼.

다시 골목을 걷는다. 저 푸른 대문이 의심된다. 안쪽에서 누군가 고독사했을지도 모른다.

양철북을 두드리고 싶었던 기억

독일의 소설가 귄터 그라스(Gunter Grass)가 쓴 '양철북'의 주인공 오스카르는 어머니 배 속에 있을 때를 기억한다. 이건 정말이지 사람으로 태어나서는 불가능한 기억이랄 수 있다. 오스카르가 세 살이 되면 양철북을 사줘야지. 탯줄에 감긴 채 양수에 떠다니면서 아버지의 장래 약속에 귀 기울인다. 눈으로는 방안으로 날아 들어와 전구 주변을 빙빙 도는 털투성이 나방을 관찰한다.

물론 그의 귀는 나방의 날개가 이따금 전구를 치는 소리도 놓치지 않는다.

태아 때를 기억하므로 자궁을 빠져나와 세상을 처음 봤을 때를 기억하는 건 당연하다. 태초에 빛이 있었다. 오스카르가 어머니의 다리 사이에서 세상의 빛을 최초로 본 건 텅스텐 열선이 붉은빛을 머금은 60W짜리 오스람 전구였다. 어머니와 한몸일 때 이미 정신

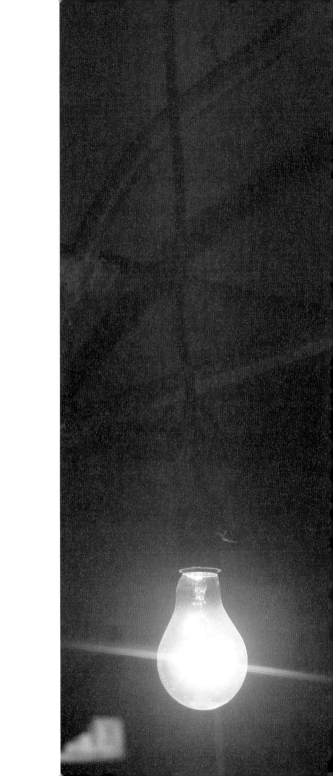

적으로 완성되어 있었기에 태어난 후에는 단지 그걸 확인하는 과정에 불과했다고, 오스카르는 말하고 있다.

보통 사람으로서는 불가능한 기억이다. 우리는 다만 남의 말을 빌려 어머니 배 속에 누에고치처럼 동그랗게 앉았을 때를 추측할 뿐이다. 최면술에 걸린 사람이 읊조리는 말투로 태아 때는 물론 까마득히 먼 전생을 불러내기도 한다. 태아도 소리를 인지한다는 것이 태교의 정설이고, 이것을 현대 의학이 어느 정도 수긍하지만, 어디까지나 외부에서 들려오는 미세한 진동을 아련히 감지하는 것이지, 양철북의 오스카르처럼 완전히 인식하는 단계는 아니리라.

누구도 양수가 몸을 적실 때의 감촉을 말하지 않는다. 누구도 자궁의 출구가 파열하는 순간의 붉은 피를 말하지 않는다. 두세 살 때를 기억한다는 말에 나는 경의를 표한다. 기억이 나보다 먼 과거를 더듬을 때 그 사람이 설령 나보다 덜 살았더라도 오래, 먼저 산 사람처럼 느껴진다. 자신의 입으로 말할 수 있는 최초의 기억은 사람마다 차이가 있다. 어린애가 직립보행을 시도하고 성공하는 시기도 각각 다르듯이.

내가 기억할 수 있는 나의 과거는 직립보행에 성공한 후였다. 둔감한 기억력의 소유자인 나는 걸음을 배우고도 한참 후, 세발자전거의 페달을 굴릴 만큼 두 다리에 충분히 근육이 붙어 있었을 때를 기억한다. 그것도 단 한 장면을.

그때 내가 왜 옆집 마당에서 자전거를 굴렸는지 모르겠다. 내가 자전거를 몰아 옆집으로 갔던가, 아니면 옆집 마당에 서 있는 자전거에 올라탔던가? 바퀴가 몇 번 구르지도 않아 화분이 깨어졌다. 흙으로 빚은 주홍색 화분이었다. 내 발등에 덮인 흙을 털어내기도 전에 옆집 아저씨가 대청마루에서 내려섰다.

너 누구냐? 어떻게 집에 들어왔지? 이 화분이 얼마나 비싼지 아니? 배라먹을 자식, 너네 집에 가보자!

물론 이런 말투는 내 상상력에 기인한다. 그렇지만 대한민국에서 가장 흔해빠진 화분을 깬, 다섯 살배기 어린아이의 머리 위로 가공할 천둥소리가 작렬했음을 분명히 기억한다. 귓속에서 계속해서 화분이 깨졌다. 비범한 오스카르라면 그 순간 양철북을 두드렸겠지만, 세발자전거를 탈 무렵이 최초의 기억인 나는 울음을 터뜨리고 말았다. 아마 목젖이 보일 정도로 크게 울었을 것이다.

훗날 아이는, 어떤 사소한 죄목도 용서할 줄 모르는 옆집 아저씨의 신분이 정신문화원장까지 지낸, 우리나라에서 꼽는 역사학자임을 신문기사를 통해 안다. 그때 나는 또 기억났다. "좀 조용히 하세욧!" 창문이 활짝 열리면서 교수 부인으로 불린 이웃집 아줌마의 날카로운 경고음이 담장을 넘어온다. 남편이 노래하면 아내도 따라서 노래한다고 했나.

나는 여기서 지식인의 비정(非情)을 들춰내려는 게 아니다. 이웃

신교동 골목길을 거닐다 어렸을 때 살던 돈암동 집과
비슷하다고 느낀 한옥을 만났다.

집 아저씨가 견지한 학문과 군사정권 사이의 차가운 거리를 지식인의 안위라고 지적하려는 것은 더더욱 아니다. 남의 집에 무단침입해서 아끼는 화분을 깨뜨린 옆집 꼬마를 역사학자라서 나무라지 말란 법은 없다. 그러나 그는, 꼬마가 나이 육십이 다 되도록 그 일을 기억해서 이 글을 쓰리란 건 상상도 못 했을 것이다. 꼬마는, 세상 사람들이 베이비부머의 상징처럼 여기는 58년 개띠. 이웃집 아저씨는, 2004년 별세했다고 네이버가 알리고 있다.

자전거를 타고 이른 새벽 팔당도로를 달린다. 북한강에서 피어오른 안개가 가로수 사이를 빠져나와 도로를 점거한다. 안개의 조각들이 순간순간 눈앞을 가리는데도 나는 가속도에 홀린 듯 페달을 밟는다.

10.26, 박정희가 돌연사하자 보안사령관 전두환이 등장한다. 그가 주동한 12.12를 누군가는 '쿠데타에 가까운 사태'라고 표현했으며, '안개정국'이라고 부르는 사람도 있었다. 그래, 우리 베이비부머는 안개의 공화국 속을 잘도 달렸지. 안개 너머 어디선가 화분 깨지는 소리가 난다. 나는 고개를 세게 가로젓는다. 그가 살아생전 나를 야단친 일을 기억할 확률은 거의 없다. 너욱이 죽은 그가 이제 와서 무엇인들 기억할 수 있을라고.

돈암동 이발사

우리가 사는 세상에 권력 아닌 것은 없다. 정치가를 비롯해서 판검사, 재벌, 대학병원 의사가 대표적인 권력가이며, 성직자라고 부르는 목사, 신부, 스님도 거기에 속하며, 심지어는 탤런트, 모델 같은 이쁜 여자를 권력이라 여기기도 한다. 물론 보기에 따라 동네 양아치도 권력의 밑바닥을 일부분 점유하고 있다.

이들이 누리는 권력이 역겨운지 90년대 얼터너티브 락밴드 4 Non Blondes의 리드 싱어 린다 페리는 25살 때 부른 WHAT'S UP을 통해 '제발 혁명이 일어나달라'고 기도한다.

'효자동 이발사'를 만든 영화감독 임찬상도 그렇게 기도하고 싶었는지 모른다. 이발사는 총 대신 바리캉(Barigancl)을 들었다. 그리고는 권력의 중심을 가차 없이 밀어버린다. 말이 이발이지 어떤 때는 삭발에 가깝다. 도처에 권력이 있되, 이발소 의자에 앉았을 때만큼 권력이 준엄하게 느껴질 때도 없기 때문이다. 머리를 들라면 들어야 하고, 숙이라면 숙여야 한다.

　어느 정치평론가가 권력을 흐르는 물에 비유하며 권력의 이동을 설명하는 걸 본 적 있다. 효자동 이발사도 이동해야 했다. 어느 날 청와대 비서관이 이발소를 찾아왔고, 그날로 이발 가방을 싸서 청와대로 떠나야 했다. 박지만의 머리를 깎아 달라는, 명령 아닌 명령이었다. 덕분에 이발사의 지위는 청와대에 거주하는 신분으로 수직상승할 수 있었다. 영화의 진정한 권력자인 감독은 청와대 이발사를 희화화함으로써 권력을 깎아내리려는 풍자극을 시도한다. 그러나 감독이 휘두를 수 있는 권력은 어디까지나 영화 속에서일 뿐. 영화 바깥에서 아직도 살아 있는 효자동 이발사는, 박정희 대통령의 '박'자만 들어도 눈물을 흘리는 박정희 광신도라고 한다. 대학을 중퇴한 학력인 그는 날마다 강남에 있는 박정희 대통령 추모사업회에 출근하다시피 한다는 소문이다.

　효자동에만 이발사가 있었던 건 아니다. 가까운 통의동, 계동, 팔판동은 물론, 사대문의 하나인 돈의문을 지나 북쪽 돈암동에도 이발사가 있었다. 효자동 이발사처럼 권력의 한가운데를 깎는 운수대통은 따르지 않았을지언정, 돈암동 이발사 역시 지역유지나 성공한 가게 주인 등 제법 행세하는 사람들의 머리를 바리캉과 가위와 면도칼로 다스렸다.

내가 유년을 보냈던 돈암동은 산동네에 기대 사는 가난한 사람들이 많았지만, 사대문 안이 부럽지 않은 신흥부자도 곳곳에 살았다. 요즘 자주 쓰는 말로 빈부의 양극화가 심한 동네였다.

돈암동 이발사는 두 가지 유형이 있었다. 이발 가방을 들고 직접 집집을 방문하여 머리를 깎는 이발사와 이발소를 차려놓고 손님을 맞이하는 이발사. 방문 이발사는 내가 초등학교에 입학할 무렵인 1960년대 말을 전후로 발길이 서서히 끊어졌다. 아이들은 대신 이발소를 찾았고, 한 동네에 몇 군데씩 이발소가 생겼다.

그러나 나는 이발소 출입을 이상스레 꺼린 아이였다. 이발소 의자에 앉으면 이발사가 발로 페달을 밟아 쑥쑥 높이를 조정한다. 그때부터 뭔가 자유를 박탈당한 느낌이다. 이내 이발사가 묻는다. 어떻게 깎을까? 상고머리요. 대답이 떨어지기도 전에 차가운 바리캉이 머리에 와 닿는다. 머리카락 몇 올 뽑히는 건 으레 감수해야 한다. 머리를 세면대에 대고 감아주기도 하는데, 두피가 아프도록 손톱으로 박박 긁는다. 세면대에서 머리를 쳐들면 영혼을 탈탈 털린 것처럼 얼얼하다.

이발사에게 머리를 맡기면 내키지 않는 악수를 하는 기분이다. 하기야 우리 조상은 원래 이발을 싫어하지 않았는가. 머리는 잘라도 머리카락은 자를 수 없다고 단발령에 항거한 역사가 이를 증명한다.

머리카락을 자른 인류 최초의 역사 또한 그리 달갑지 않다. BC

이발소 의자에 앉으면 이발사가 발로 페달을 밟아 쑥쑥 높이를 조정한다.
그때부터 뭔가 자유를 박탈당한 느낌이다.

－공덕동 성우이용실

1900년경 헤브라이(Hebrai)족의 추장이 죄인을 처벌할 때 머리카락을 삭발했다고 한다. 머리카락이 자랄 때까지 속죄하라는 의미였다고 하니, 그 유래부터 흉흉하다.

 스물 몇 살 때던가, 장발 단속에 걸려 머리를 잘려보니 속죄는커녕 지독한 모욕이 느껴졌다. 밥맛이 싹 사라져 그날 저녁을 굶기까지 했다.
 입대하는 날 나는 다시 삭발을 당해야 했다. 당일 아침에야 마지못해 이발소 의자에 앉았다. 이발소 거울은 쳐다보지도 않았다. 머리카락과 함께 눈물방울이 바닥에 뚝뚝 떨어지고 있었다.
 요즘 나는 가끔 종로 3가 이발소 거리에서 머리를 깎는다. 그까짓 머리 깎는 일이 무슨 대수랴. 이발 요금 3,500원.

개천 건너 불구경

누가 불을 질렀는지, 아니면 오래된 전선에서 전기가 빠져나와 불을 붙였는지 집이 불타고 있었다. 개천 건넛집 창문이 빨갛다. 불길이 맹렬한 기세로 집안을 삼키더니 창문 밖으로 혓바닥을 내밀어 바깥을 핥고 있었다. 스스로를 탐닉하는 모습이 저와 같을 것이었다. 혓바닥이 여러 갈레인 거대한 짐승이 입으로 불을 내뿜어 자기 외피를 태우는 기이한 모습이었다. 혓바닥은 때때로 개천까지 흘러나와 물에 어른거리기도 했다. 소방차가 와서 물을 뿌렸지만 불길이 좀체 잦아들지 않아, 옆집으로 번지는 것을 막으려 사력을 다할 뿐이었다. 불길이 커지면서 집은 점점 작아지기 시작했다. 기둥이 쓰러지고, 벽이 뚫리고, 지붕이 내려앉는 순서로 집은 몸체를 낮추었다. 검은 연기가 펑펑 치솟아 불길을 감싸기도 했다. 그때부터 불길은 작아지고 연기가 커졌다. 연기가 사다리를 펼쳐 하늘에 걸쳐 놓았다. 연기의 사다리로 불탄 집이 오르고, 물론 숯덩이로 변한 살림과 옆집 일부마저 하늘로 떠나고 있었다. 사람도 사다리에 올랐는지 모르지만 개천 이편에서 구경꾼과 함께 섞인 내 눈엔 보이지 않았다. 뒤늦게 화재현장에 도착한 집주인이 아이고아이고…… 곡소리를 내며 잿더미 주변을 맴돌았다.

불난 집을 나는 아홉 살 때 처음 보았다. 성북천 주변에서 발생한 화재였다. 개천가에서 불이 났으므로 자연스레 불과 사람이 개천을 경계로 격리되었다. 불길은 개천을 건널 수 없었고, 사람은 개천을 건널 수 없었다. 개천 건너 불길은 전염성이 없었다. 개천을 건너온 불길이 구경꾼의 망막에 붙어 훨훨 타올랐지만 누구도 뜨거워하지 않았다. 팔짱을 낀 채 개천 건너를 바라보는 사람도 있어 담담하고 차갑게 느껴지기도 했다. 불행은 개천 건너에 고립된 채 사람들에게 구경거리를 제공할 뿐이었다.

구경은 눈으로 즐긴다는 뜻이다. 개천 건너 불타는 집을 바라보는 구경꾼이 모두 즐거운 눈이었을까? 아무리 남의 죽음이 내 감기만 못하기로서니 남의 불행을 즐거워할 만큼 사람의 본성이 위악적이라고는 믿고 싶지 않다. 지금 생각하건대, 아홉 살 내가 불탄 집을 처음 봤을 때 구경꾼 가운데 끊임없이 탄식하거나 한숨을 내쉬었던 사람이 적지 않았던 것 같다. 아무렴 그래야지. 그때나 지금이나 불길이 건너와 내 바짓가랑이를 태우지 않는다고 남의 불행을 구경거리로 여기는 악마가 그리 많지는 않으리라. 악마 몇 명쯤 존재하는 것이 유리벽처럼 차갑고 무덤처럼 적막한 지금 세상보다는 나으리라.

골목길에 면한 창문은 대부분 닫혀 있었지만,
가족이 주고받는 사소한 말소리가 헐거운 문틈으로 새어나왔다.
이따금 창문이 드르륵 열리면 집안 사람도 행인도 깜짝 놀라곤 했다.
- 녹번동 골목의 창문

뚫어

뭔가에 막혀 있는 걸 뚫는 직업은 신성(神聖)과 통한다. 세상은 곳곳이 막혀 있다. 하수도가 막히면 오물이 땅 위로 솟아오른다. 솟아오르기도 전에 그 부근에 썩는 냄새부터 진동한다. 병원마다 뚫리지 않아서 신음하는 사람들로 넘친다. 동맥경화증은 핏줄을 막는 병이고, 장염은 밥줄을 막아 놓는 병이다. 막힌 마음을 뚫으러 종교를 찾는 사람들도 있다. 공사장 인부는 녹슨 하수관을 교체하고, 의사는 막힌 곳을 신통하게 뚫는 약을 투여하거나 수술을 감행한다. 신부님은 고백성사에 응함으로써 마음의 체증을 뚫어준다. 앞문이 있으면 뒷문이 있기 마련이다. 무더운 여름날에는 베란다뿐 아니라 주방 창문도 열어놔야 바람이 소통하면서 거실이 한결 시원해진다.

　그런데 뚫는 게 꼭 만병통치는 아닌 모양이다. 얼마 전 환경운동에 앞장서는 한 스님과 남산 터널을 바라보다가 기이한 얘기를 들었다. 터널이 뚫리면서 물길이 방향을 틀었다는 것이다. 다시 말해 물길이 터널에 막혀서 적절치 않은 방향으로 흐른다는 얘기였다. 물길을 잃은 물이 어딘가에서 커다란 위험을 잉태한 채 고여 있으리라 우려했다. 남산 터널은 강남과 강북을 뚫어주는 통로이다. 그러니까 뚫리면서 막아버린 셈이다.

뚫어! 동네를 일주하면서 막힌 굴뚝을 청소하는 굴뚝소제부가 있었다. 그의 직업은 남산터널처럼 복잡한 사정을 지녔을 리 없다. 그는 다만 징을 쳐서 자신의 출현을 동네 사람들에게 알렸다. 연탄가스 중독으로 사망할 위험은 신성과 내통하는 굴뚝소제부로 인해 줄어들었다. 동네 과부도 굴뚝소제부가 뚫어주기를 상상하면서 가슴 설렌다는 얘기도 있었으니, 옛날, 그리 옛날도 아닌 나 어렸을 때였다.

김장과 연탄

아내가 배추 이십 포기를 사왔다. 이번에는 직접 김장을 하려는 심 사인가. 아내의 배추 담그는 모습을 구경한 지 십여 년은 넘는 것 같다. 아파트에 정착하면서부터 이 겨울철 먹을거리를 해마다 처 갓집에서 부쳐왔다.

　단독주택에 살 때는 이즈음 이웃들을 마당에 모아 김치를 담갔던 아내이다. 김장하는 날 집에 돌아오면 절인 배추가 배춧속과 함께 밥상에 놓인다. 그 곁에는 으레 삶은 돼지고기도 보여 자연스레 소 주를 불러오곤 했다.

　김치 담그는 행위를 나는 창작으로 여긴다. 사람마다 개성이 있 듯이 김치 맛도 제각각이기 때문이다. 서울여자인 어머니가 담근 김치와 전라도 여자인 아내의 김치는 확실히 달랐고, 처갓집에서 오는 김치는 또 달랐다. 고춧가루를 많이 써서 눈으로 보기에도 짙은 붉은빛이 돌았다. 젓갈을 듬뿍 넣어선지 비릿한 냄새가 입안에 감돌았지만 그 맛에 익숙해지자 감칠맛으로 느껴졌다. 대신 어머니가 김치를 담그거나 국간을 맞출 때마다 강조한 '심심한 맛'은 소리 없이 사라졌다.

다른 음식과 마찬가지로 김치 맛도 여러 요소가 결합해서 이루어진다. 우선 유념해야 할 것이 양념을 잘 버무려 배추에 골로루 스미도록 채워 넣는 솜씨지만, 발효식품이므로 발효의 주체인 미생물의 변화를 예의 주시해야 한다. 변화는 시간을 동반한다. '알고 보니 김치만큼 까다로운 음식이 없다'란 말은 시간이 발효시켜주는 맛이 그만큼 어렵다는 뜻이다. 단지 발효시간을 기다리기보다 틈틈이 시간을 재야 한다. 다른 어떤 맛보다 김치 맛을 얘기할 때 정성이 필요한 까닭이다. 결국, 가족 사랑이 지극할수록 김치 맛이 좋을 수밖에 없다. 마지못해 만든다는 기분으로 김치를 담근다면 쓰거나 짜거나 싱거운 맛을 내기 십상이고, 심지어는 김치가 익기도 전에 군내를 풍겨 내다 버려야 하는 일도 생긴다.

그런데 어느 때부턴가 김치를 통해 주부의 정성을 변별하는 일이 무의미해졌다. 요즘 주부들은 아예 김치를 담글 줄 모른다. 슈퍼나 백화점에서 사 먹는 걸 당연하게 여기더니 그도 귀찮은지 인터넷으로 주문하는 일이 예사가 돼버렸다. 아니, 맞벌이 부부가 일상화되면서 주부라는 직업 자체가 없어졌다. 퇴근해서 아파트 현관 앞에 놓인, 아이스박스로 포장된 김치를 안으로 들여놓는 광경이

연탄은 사계절 필수품이었다. 특히 겨울이 오면 연탄과 김장배추를
기백장은 들여놔야 안심할 수 있었다.

이따금 보일 뿐이다. 아직까지는 김치 담그는 일을 먼 옛날 풍속으로만 여기겠지만, 언젠가는 김치라는 음식 자체를 잊어버리게 될지도 모른다. 어느 때 나는 김치와 더불어 가족까지 사라지지 않을까 저어한다. 겨울이 다가오면 집 앞이나 마당에 수북이 쌓여 있던 배추를 그녀들은 당연히 상상조차 못하리라.

백 포기, 이백 포기. 김장 재료인 배추가 내 어린 시절의 기억에 차곡차곡 쌓인다. 담장의 벽돌처럼 쌓이는데, 나는 이 '쌓이다'라는 동사에서 풍겨오는 안정감을 김장 배추를 통해 일찍이 체감했다. 배추만 쌓였던 게 아니다. 배추가 쌓이는 자리에 겨울나기의 필수품이 한 차례 더 쌓이는데, 그것은 연탄이었다.

겨울이 다가오면서 대문 옆과 마당에 쌓이는 검고 반질반질한 연탄 더미는 김장 배추와 마찬가지로 어여번듯한 안정감을 보여 준다. 내가 느끼는 안정감은 쌓여 있는 것들이 정연한 구도를 이루는 데서 오겠으나, 연탄 들이고 김장을 마쳐야 안도하는 우리 어머니들의 겨울나기를 이해하면서 생겨났으리란 게 더 사실에 가깝다.

기억하시나요? 그해 겨울은 따뜻했지만, 연탄 들이고 김장을 마친 우리 어머니들이 한 사흘 호되게 앓아누웠던 때를.

정릉 4동 산동네 골목길에는 아직도 연탄을 파는 데가 있었다.

박치기왕 김일

베이비부머치고 박치기를 모르는 사람이 있을까. 1960년에서 1970년대 중반까지 프로레슬러 김일은 끝내기 타격으로 박치기를 사용했다. 그의 이마가 상대를 가격하면 텔레비전마저 휘청거렸다. 흑백화면에서 발사된 전자총이 형광면과 충돌하면서 찌지직거리는 소리를 분명히 나는 들었다. 결과는 언제나 김일의 승리지만 시청자들은 우여곡절 끝에 승리하는 과정을 지켜보면서 손으로 심장을 쥐어짜야 했다.

김일에 대한 기억이 아직도 선명하기에 박치기란 단어를 사용하는 것이 하등 어색하게 느껴지지 않는다. 그러나 머리치기나 이마치기도 아니고 어째서 박치기인지 슬그머니 궁금하지 않은가.

박은 한해살이 넝쿨풀의 열매이다. 둥글고 커다란 외피에 비해 속은, 비록 타원형의 종자가 들어 있기는 하지만 텅 비다시피 하여 실속 없는 열매로 꼽힌다. 놀부가 박을 탔으나 기대했던 금은보화 는커녕 낭패를 봤다는 전래동화도 있거니와, 삶거나 말려서 바가 지로 겨우 쓰였을 뿐이다. 어디서나 흔히 접하는 싸구려라 생각해 선지 우리 조상은 이따금 화풀이 삼아 박을 치기도 했던 모양이다.

그런데 아무리 박이 실속 없기로 머리와 동일시한다는 건 지나친 의인화 아닌가. 박이 머리를 속되게 불러 '대가리빡'이 되고, 차령 산맥 남쪽에선 '대그빡'이라고도 하는데, 자조적이면서 과장된 묘 사가 아닐 수 없다. 사람의 머리는 박처럼 단순하지 않다. 두개골 바깥을 부드러운 살과 수많은 머리카락이 감싸고 있으며, 두개골 안은 삼성반도체보다 복잡 미묘하다. 머리를 잘 쓴다, 라는 말이 있 는데, 두개골 안에 있는 신경세포들이 외부상황을 재빨리 인지하 여 적응한다는 의미이다. 김일이 불리한 상황을 박치기 한 방으로 역전시키는 것과는 사뭇 다르다.

김일은 두개골의 남다른 견고성을 이용한 박치기를 했다. 그러므 로 머리를 쓰긴 하되, 내용이 없기 때문에 박을 치는 행위와 동일하 게 사람들은 여겼는지 모른다. 일찍이 이에 대한 통찰력으로 머리 치기나 이마치기보다는 역시 박치기가 어울린다고 생각했던 것이 다.

김일이 호두알 같은 두개골을 일용하여 상대를 단번에 눕히는 장 면은 힘겹고 암울했던 시기에 최고의 카타르시스였다. 김일의 레 스링을 중계하는 날이면 우리 가족은 물론 문간방에 세 들어 사는 가족까지 텔레비전이 있는 안방에 모였다. 김일의 이마에서, 혹은 김일에게서 한 방 얻어맞은 상대의 이마에서 흐르는 피가, 피가 아니라 물감이라 해도 그만한 가치는 충분히 있었다.

지하실

지하실에 갇혀 본 적 있는가? 누구나 한두 번은 지하실에 들어가 어둡고 눅눅한 환경에 오싹한 적 있되, 감금을 의미하는 상황을 몸소 겪기란 드물 것이다.

지하실은 말 그대로 지면보다 낮은 방이다. 돈암동 내 집에는 지하실이 있었다. 대청마루로 오르는 디딤돌 옆에 널빤지를 엮어 만든 쪽문이 보이고, 문을 열면 그을음처럼 곰팡이가 핀 벽면에 나무 사다리가 휘청거리듯 기대 있었다. 사다리 아래는 허드레 물건을 쌓아두는 지하실이었다. 제대로 쌓아둔 게 없었다. 쌓다가 무너져 내린 것들 사이로 음지벌레들이 기어 다니고, 먼지와 습기를 버무려 실을 뽑아내기라도 한 것처럼 잿빛 거미줄이 걸려 있다.

큰 누나는 지하실을 팔 때 해골이 나왔다며 겁이 많은 나를 놀리곤 했다. 전쟁이 나면 북한에서 비행기를 서울 상공에 내려 보낼 것이고, 그때 식구가 모두 지하실에 숨어야 한다고 말한 건 작은 형이었다. 지하실은 그토록 무시무시한 곳이었다.

어느 날 내가 그 지하실로 내려간 건 일용한 물건을 찾기 위해서가 아니었다. 나와 작은 누나는 심심풀이로 이따금 숨바꼭질을 벌였는데, 뒤꼍, 장독대, 광, 툇마루 아래, 뒤주 등 숨을 곳이 꽤 많았다. 그중 하나인 지하실로 내려가려고 횡목이 빠져나간 사다리에 발을 내딛는다. 지하실은 음기에 침윤돼 늘 괴괴했다. 술래에게 들키지 않으려 머리와 무릎이 맞닿도록 몸을 잔뜩 만 채 숨을 죽여 귀뚜라미가 튕기고 지나가는 어둠을 응시했다. 머리 위에서 스르륵 쪽문 열리는 소리가 날 때까지. 거기 있는 거 다 알아. 안 나오면 영영 못 나오게 닫아버린다.

누나가 망치로 탕탕 못을 박는다.

물론 누나의 협박 뒤에 들린 못질 소리는 환청이고, 내가 감금됐다는 어떤 징후도 없었다. 그 후로도 지하실에 몇 번 내려갔지만 누군가 쪽문을 바깥에서 밀봉해버리는 경우란 없었다. 상자 뚜껑은 언제나 열려 있었지만, 나는 종종 악몽을 꿀 때 돈암동 집 지하실이 떠오른다.

만화경

문득 눈에 보이는 물건들을 뒤집어 놓으면 어떨까 생각해본다. 예컨대 컴퓨터 모니터나 텔레비전을 돌려놓는다면? 벽에 붙은 시계나 사진액자를 뒤집어 걸어 놓았을 때를 상상해보기도 한다. 사람의 손을 거쳐 탄생한 물건들의 뒷면은 대체로 괴괴하거니와, 햇살이 닿지 않는 지하실 공장을 떠올리게 한다. 대부분의 공산품은 앞면에 아름다움을 집결시킨다. 공장 노동자들의 표정이 어두운 것은 앞면을 위해 자기 삶을 희생했기 때문은 아닐까.

　뒷면의 어둠을 극단적으로 보여주는 물건이 거울이다. 두께가 얇은 거울인데도 앞면의 반짝임과 달리 수은막은 지극히 낮은 명도로 분홍빛을 띤다. 눈을 크게 뜨고 있을 때라야만 반짝이는 세상을 볼 수 있다. 눈을 반이라도 감으면 반짝임이 사라져 한순간에 어둠이 깃들 것 같다. 거울 뒷면의 수은막은 그 빛깔이 어둡다는 표현으

로는 부족한 무엇, 누구나 한번은 가야 하지만 되돌아오지 못 하는 세상의 빛깔, 저승빛에 가깝다. 생각이 여기에 이르자 내가 바라보는 거울, 거울에 반사된 내 모습이 삶과 죽음을 동시에 가둔 평면에서 끔찍스레 나를 마주보는 것처럼 느껴진다.

아름다움에의 동경은 본능이다. 누구도 벽 속의 벽, 내벽에 얽혀 있는 철근과 시멘트까지 떠올리고 싶어 하지 않는다. 외벽을 바른 벽지는 아름다움으로만 포장되기 마련이다. 거울로 완벽한 아름다움을 창조할 수는 없을까. 어렸을 때 만들었던 만화경이 떠오른다. 거울 세 장을 맞붙여 삼각기둥을 세우고, 그 안에 잘게 자른 색종이를 집어넣었지. 삼각기둥을 원통 속에 가두고 원통 한쪽을 흐린 간유리로 봉한다. 원통의 다른 한쪽은 들여다보는 구멍이다. 간유리를 밝은 쪽으로 향하고 반대편 구멍에 눈을 대면, 원통이 돌아갈 때마다 색종이 조각들이 갖가지 대칭을 이룬다. 그 대칭무늬들은 단 한 번도 같은 형체를 되풀이하는 법이 없으니, 만화경이야말로 천상천하유아독존(天上天下唯我獨尊)이었다.

만화경이 창조해내는 기하학은 동화 속으로 나를 이끌었다. 책을 펼치지 않아도 저절로 엘리스가 되어 이상한 나라에 갈 수 있었고, 구멍을 경계로 일상의 나라와 이상한 나라를 번갈아 오갈 수 있었다. 우열이 존재하는 일상은 불평등이 지배하는 세상이지만, 만화경의 구멍 안으로 들어가면 평등한 대칭의 세상이 전개된다. 그냥 전개되는 것이 아니라 마주 보는 거울 기둥 사이로 순간마다 다른 팔색조를 등장시키면서 우리 눈을 몽환에 젖게 한다. 바라보는 순간 우리의 일상은 정지한다. 우리는 학습시간이 다가오는 줄도 모르고 놀이에 몰입했다.

그러나 만화경 바깥에도 엄연히 시간은 존재한다. 학교 종이 땡땡땡. 문득 일상을 깨닫고 만화경에 빠진 눈길을 걷어 들이면, 검은 칠판을 배경으로 수학 선생님이 서 계셨다. 우리를 이상한 나라로 이끈 만화경의 무늬들이, 실인즉 수학 공식의 복잡한 질서가 증식해낸 결과물이라는 사실을 그 당시에는 몰랐다. 수학 시간은 언제나 지겨웠다.

공동 우물

NASA가 화성에 보낸 탐사로봇 피닉스가 '열과 방출가스 분석기'라는 장치로 마침내 물을 찾았다고 밝혔다. 피닉스가 발견한 것은 프레온 가스 뭉치 같이 생긴 얼음덩어리였다. 과학자들은 화성의 북극 표면 바로 아래에 광범위한 얼음층이 있으리라 추정했는데, 이로써 화성에 생명체가 살아 있을, 또는 살았을 가능성이 농후해졌다.

물고기는 물속의 생명체를 대표한다. 사람의 먼 조상이 물고기라거니와, 생명을 잉태하는 시원이 물이라는 데 이의를 다는 사람은 별로 없다. 그래서 사람들은 오랫동안 물을 찾아다녔으며, 인류의 4대 문명 발상지를 보듯이 사람은 물가를 터전으로 번영했다.

그처럼 소중한 물이 없어 고생하던 시절이 있었다. 사람이 도시로 흘러들수록 도시는 팽창하는데, 그 팽창 속도에 물이 비례할 수

충신동 골목길 계단 앞에서 하늘로 오르는 사다리를 보았다.

계단은 수직을 지향하는 또 다른 길이다.
동네마다 계단집이라고 부르는 집들이 한둘은 있었다.
–청파동 골목길에서

없었던 것이다. 1960년대 서울의 변두리는 목말랐다.

혜화문(惠化門) 북쪽 마을인 성북구에서 물을 구하려는 사람의 행렬을 보는 건 예사로운 풍경이었다. 하루에도 몇 차례씩 알 수 없는 이유로 수돗물이 끊어졌다. 미아리를 경계로 남쪽 마을은 상수도 보급으로 비교적 물 사정이 괜찮았지만, 그 북쪽은 수돗물이 잘 나오지 않았다. 수돗물이 끊어지는 날 사람들은 바가지란 바가지는 모두 들고 다니며 물이 있는 곳을 찾아다녔다.

급수차가 오는 날이면 길게 줄을 섰고, 그런 날이면 차례를 기다리다 꼭 싸움이 났다. 산동네는 산동네대로 공동수도, 공동 우물이란 이름으로 물을 공급했는데, 그곳에서 벌어진 물싸움은 더욱 치열했다. 저년이 또 새치기를 하네. 이년아, 네가 오기도 전에 서 있던 자리야. 싸움은 주로 여자들이 먼저 시작했는데 곧 각자의 식구들이 가담하는 집단 싸움으로 번졌다. 단순히 물 때문이 아니라 해묵은 감정이라도 풀어내려는지 인신공격을 포함해서 온갖 악담을 퍼부었고, 어느 땐 머리끄덩이를 잡고 주먹다짐을 하는 몸싸움으로 변해 물 위에 쥐어뜯긴 머리카락과 핏방울이 난무했다.

물싸움을 보면 먼 옛날 부족국가들 사이에서 벌어졌던 싸움의 발단을 추측할 수 있다. 실제로 부처가 살았던 고대 인도에는 로히니 강을 사이에 두고 사카족과 콜리아족이 전쟁을 벌인 적도 있었다. 두 부족은 옥카카 왕의 후손으로, 두 부족의 시조는 각각 옥카카 왕의 왕자와 공주였다. 따지고 보면 친족이자 남매 사이였던 것이다. 부처가 개입해서 가까스로 전쟁을 피할 수 있었지만, 물싸움이 해묵은 원한으로 발전하여 대를 이어 철천지원수로 지내야 했을지도 모른다. 세익스피어의 희곡 로미오와 줄리엣처럼 애꿎은 피해를 보는 사례가 생길 뻔했다.

가끔 신이 다녀가셨다

우리에게 가위손(Edward Scissorhands)으로 알려진 영화가 있다. 가위손을 보고 조니 뎁이란 배우를 처음 알았고, 그가 펼치는 연기를 지금껏 좋아한다.

영화 속의 조니 뎁은 가위처럼 날카롭고 뾰족한 손을 지녔는데, 그 손으로 여성의 머리카락을 잘라 오르가즘을 느끼게 하고, 정원의 나무를 액자 속의 그림처럼 조경하고, 얼음을 쪼개 로댕의 작품에 버금가는 조각으로 다듬어낼 수 있다. 신(神)의 경지였다.

그러나 엇갈린 두 개의 쇠날, 쇠날 끝에 손가락을 끼어 넣도록 둥그렇게 구부린 구멍, 지렛대의 또 다른 원리인 나사 축. 우리가 알고 있는 가위의 모습으로는 신을 떠올리기 쉽지 않다. 그 가위로 천이나 가위로 천이나 종이를 쉽사리 자를 수 있었는데, 뜻밖의 쓰임새도 있었다. 가위의 양날을 맞부딪쳐 사람을 불러 모으기도 했던

것이다. 가위 소리가 타악기를 대신한 셈이다.

엿장수의 등장을 알리는 가위 소리에 내 귀는 쫑긋해진다. 엿 바꿔 먹을 물건을 챙기려 기민하게 움직인다. 대문 밖으로 나서면 벌써 아이들이 엿장수의 리어카를 에워싸고 있었다. 엿장수는 무엇이든 다 받았다. 빈병, 쇠붙이, 비닐류, 옷가지, 신문지, 심지어 머리카락까지⋯⋯. 신랑 신부가 첫날밤 뚫어버린 요강도 받는다고 너스레를 떨었다.

영화 가위손은 가위 예술의 극치를 그려냈지만 시각에 의존하는 한계를 벗어나지 못했다. 하지만 산업화를 리어카로 견인한 고물장수이기도 했던 엿장수는, 눈으로 보이기 이전에 귀를 자극하여 사람을 즐겁게 하는 전방위 연주가였다.

어디 그뿐이랴. 엿 가위는 이 세상에서 가장 부정확한 재단 가위였다. 커다란 광어처럼 목판에 엎드린 엿을 뭉툭한 쇠날로 쳐서 끊어냈다. 오려내는 게 아니라 망치로 치는 식이었으니 크기가 일정할 리 없었다. 엿장수 마음대로였다. 침샘암이란 희귀병으로 세상을 떠나기 전 작가 최인호는 엿장수야말로 신의 다른 이름임을 통찰했다. 그는 간절히 기도했다.

"주님, 이 몸은 목판 속에 놓인 엿가락입니다. 그러하오니 저를 가위로 자르시든 엿치기를 하시든 엿장수이신 주님의 뜻대로 하십시오. 다만 제가 쓰는 글이 가난하고 고통받는 사람의 입속에 들어가 달콤한 일용할 양식이 되게 하소서. 우리 주 엿장수의 이름으로 바라나이다. 아멘."

골목길에 엿장수만 다녀간 게 아니다. 뻥! 번데기 장수가 이틀에 한번 꼴로 다녀갔고, 깊은 밤에는 찹쌀떠억이나 메밀묵 장수가 다녀갔고, 이른 새벽에는 땡그랑땡그랑 두부 장수가 다녀갔다. 우리가 미처 눈치 채지 못했지만, 그들은 다른 분야의 다른 신이었다.

왜 참견하냐고 대들었지.
아버지와 어머니,
그들 사이에서 내가 태어난 것부터
참견은 정당한 조건이었는데도 말이다.
골목길을 걸으면 크고 작은
뉘우침이 온다.

없다, 그래라

빗장이 덜컥거린다. 문 열어. 낯선 목소리가 대문을 열라고 재촉한다. 문 열어, 빨리. 문고리로 대문을 탁탁 두드리는 어떤 아저씨. 몹시 화가 나서 숨을 헐떡인다. 문틈으로 그를 본다. 두개골이 소의 머리처럼 크고 둔중하다. 그의 눈은 그러나 소의 순한 눈하고는 사뭇 다르다. 흰자위를 갈레갈레 가로지른 실핏줄이 금세 터질 것 같다. 어서 문을 열지 못해?

나는 조금 전에 아버지에게서 들은 말을 생각해낸다. 없다 그래라. 아버지는 내 등을 쳐서 바깥에 나가게 했다. 나는 익숙한 몸짓으로 신발을 꿰고 마당으로 나선다. 그리고는 크게 소리친다. 아무도 안 계시는데요.

아무도 안 계시는데요. 문밖의 아저씨에게 앵무새처럼 같은 말을 반복한다. 아무도 안 계시는데요. 이놈이 거짓말하네. 꼬마야, 어서 문이나 열어. 남자가 거칠게 문을 흔들지만 나는 이를 악물었다.

아무도 안 계시는데 어떻게 문을 열어요. 안에 있는 거 다 안다. 아저씨가 어떻게 알아요? 요 꼬마 놈 봐라. 그 아비에 그 자식이구나!

문밖이 잠잠하다. 남자가 어떻게 하면 문을 열 수 있을지 궁리하는 듯하다. 그러나 이 나라엔 법이 있어 문을 부수지 않는다면야 별수 없으리란 걸 꼬마인 나도 알고 있다. 다시 남자가 입을 뗀다. 이봐 고 씨! 당신이 안 만난다 해서 일이 해결될 거 같아? 천만에. 당신이 가는 곳이면 어디든 따라갈 거야. 남자의 목소리가 나를 건너뛰어 안방을 향한다. 어서 나와. 비겁하게 자식이나 보내지 말고!

아버지는 전혀 대응하지 않는다. 남자가 문고리를 흔들며 소리를 지른다. 안 나올 거야? 너 정말 그렇게 굴면 재미없어. 이 씨…… 한동안 욕을 퍼붓더니 대문 밖이 다시 조용해진다. 그러더니 꽝, 하고 남자가 대문을 발로 찬다. 꽝꽝, 다시 발로 차는 소리를 끝으로 남자가 등을 돌려 걸어 나가는 게 문틈으로 보인다. 주머니에 손을 넣은 채 비틀거리듯 걷는 남자의 등이 터무니없이 왜소하다.

그제야 나는 대문에서 떨어져 나와 마당을 가로지른다. 아버지는 무슨 잘못을 했기에 욕까지 들으시고도 가만 계실까? 문득 다락에 잔뜩 쌓아 놓은 장부에 생각이 미친다. 아버지가 누구와 동업했을 때의 장부라던데 그와 관련한 일일까? 그러나 아버지에게 감히 그 까닭을 물을 수 없었다. 아무도 안 계시는데요. 거짓말한 날은 기분이 좋을 리 없어서 이불을 뒤집어쓰고 있던 기억이 어렴풋이 떠오른다. 도대체 아버지는 바깥에서 어떤 잘못을 저질렀을까?

비좁은 골목에 들어서면,
'어쩌다 여기까지 오게 됐을까'란 운명적 느낌이 들기도 한다.
-동소문동 골목길에서

뇌신

아버지, 방이 꽉 차도록 누워 계신다. 머리맡에는 약병들과 물그릇이 있다. 이불은 달팽이집처럼 아버지 몸에 달라붙었다. 아버지는 늘 머리가 아프다고 하셨다. 얼마나 아팠으면 병원에서 처방해 준 약을 먹고도 모자라 진통제를 복용하실까. 가서 뇌신 사와라. 아버지가 명령하면 막내인 나는 전령처럼 재빠르게 움직인다.

아버지의 병명은 고혈압이었는데, 서울에서 크다는 병원을 다 다녀도 수평 인간으로서 삶은 고쳐지지 않았다. 병원에서는 물론이거니와 집에 와서도 안방에 이불을 깔고 누워 있을 때가 잦있다. 성인 1회 1포, 1일 2회까지 공복을 피하여 복용한다. 복용간격은 6시간 이상으로 한다. 그러나 너무나 머리가 아픈 아버지는 번번이 복용횟수를 어겼다. 가서 뇌신 사와라!

난 지폐를 쥐고 밖으로 나가야 했다. 약을 사러 가는 길은 때로는 환한 대낮이었고, 때로는 춥고 어두운 밤이었다. 물론 비가 오거나 눈이 내리기도 했다. 뇌신을 자주 복용하면 위험하다고 경고하는 약사의 얼굴은 무표정했다. 이 약은 위험한 약이라는데요. 나는 약사의 경고를 누워 있는 아버지에게 차마 전할 수 없었다. 폐인처럼 누워서 지내는데도 아버지에게서는 늘 이상한 위엄과 무서움이 느껴졌다. 그 때문에 나는 쉬이 불평을 꺼낼 수 없었다. 아버지, 뇌신도 위험하지만 찻길을 건너는 것도 위험하거든요.

뇌신을 사려면 미아리 고개 찻길을 건너야 했다. 찻길을 건너던 아이가 택시에 치여 공중에 붕 떴다가 떨어지는 사고를 목격한 적도 있었다. 그러나 달리기에 자신 있던 나는 달려오는 택시를 보고도 줄달음질 쳐 찻길을 건넜다. 그럴 때면 길고도 신경질적인 경적이 내 등골을 훑고 지나갔다. 뇌신을 사서 오는 길에도 물론 택시를 도발한다. 손에 약봉지를 꽉 움켜진 채.

뇌신은 하얀 가루약이다. 뇌신을 입에 털어 넣기 전 물을 한 모금 먼저 입에 물고 허공을 올려다보던 아버지 모습이 지금도 눈에 선하다. 아버지의 사인은 고혈압으로 인한 합병증이라지만 그보다 나는 뇌신을 더 의심했었다.

골목길에서는 대문과 창문이 서로 대화한다.
　　　　　　　　　　　　　　　　　-서선동 골목

파출소로 간 아기 예수

눈 오는 새벽 거리는 고요하다. 사람이 잠들면 소리도 잠든다. 허공에 티끌처럼 남아 있던 소리마저 눈발에 묻혀 땅과 땅에 빌붙은 구조물들에 쌓인다. 지붕 위에, 가로등 위에, 담장 위에 소리들이 차곡차곡 쌓이고, 골목에 주차한 빈 차들도 깊이 잠든다. 전방위로 생겨나는 소리의 무덤들. 그러나 눈 오는 새벽의 귀갓길에서 종종 나는 무덤을 뚫고 나오는 울음소리를 듣는다. 보이지 않는 곳에서 들려오는 소리. 내 취한 다리가 아파트 입구에 가까울수록 울음소리도 가까워진다. 내 망막이 여러 번 상영된 영화를 불러오고, 어느새 골목집 대문 앞으로 다가간 나는, 눈발이 잠재우지 못한 울음소리의 현장을 내려다본다. 포대기에 싸인 갓난이 얼굴 위로 눈이 내린다. 붉은 뺨을 치는 눈송이 때문에 아이는 잠들 수 없었던 것이다. 코트 주머니 속에 든 손을 빼어 황망히 대문을 두드린다. 문 열어

여보, 누가 애를 버리고 갔나 봐!

아버지가 늦게 귀가하는 날 어머니는 잠들지 못 했다. 지아비보다 일찍 잠들 수 없는 건 모든 어머니의 의무. 내 어머니도 동이 터오는 새벽까지 뜬눈으로 뒤척였다. 대문 밖에서 발걸음 소리라도 들려오면 예의 방문을 열고 나오는 거였다. 아버지가 늦게 오실 때마다 내 잠귀는 번번이 옅어져 있었다. 그런 새벽, 눈이 내렸다. 방문을 열지 않아도 마당이나 지붕에 쌓일 뿐 아니라, 펌프대나 댓돌에 놓인 신발, 창문 간살이 따위 좁은 공간을 헤집고 들어오는 눈송이를 머리로 그려낼 수 있었다. 온다는 기척도 없이 오는 눈을 나는 기분으로 알아차린다. 눈이 오는 날 방안에 있으면 누군가 대문을 소리 없이 열고 다녀간 느낌이다. 그래선지 어머니는 그날따라 유달리 여러 번 방문을 열고 나오는 기척이었다. 눈발이 성가신지 어디선가 고양이가 자꾸 울었다. 어머, 함박눈이 오네. 어머니가 말하지 않아도 나는 하늘에서 내리는 눈의 속도와 양을 마음으로 측정할 수 있었다.

눈을 밟고 오는 아버지의 구두 소리가 들렸다. 발걸음 소리가 끊어지면 곧바로 대문 두드리는 소리로 이이지기 마련이건만 짐시 사이가 있었다. 늘 그렇듯이 대문을 두드리는 것으로도 충분히 어머니를 불러낼 수 있었는데 아버지 목소리가 성마르다. 문 열어 여보, 누가 애를 버리고 갔나 봐!

아버지 품에 안겨 대문으로 들어선 건 고양이가 아니라 갓난이였다. 아이의 붉은 뺨이 눈송이를 녹이면서 타오르고 있었다. 갓난이를 빙 둘러싸고 앉아 식구들은 아랫목에 모신 아기 예수를 내려다보았다. 눈송이처럼 탐스러운 아기가, 눈송이에 박힌 까만 눈동자로 우리를 올려다보았다. 인류를 구원하겠다는 빛나는 눈동자였으므로, 그 눈동자가 닫히고서야 식구들은 잠들 수 있었다.

아침, 밤새 다녀간 눈은 흔적을 남긴다. 하지만 버려진 아이가 다녀갔다는 흔적은 집안 어디에도 없었다. 마당에 내려앉은 눈 위로 햇살이 부서지고 있을 뿐이었다. 아침은 늘 그렇지 않은가. 아기 예수를 파출소로 데려갔다는 그날 아침도, 세상의 모든 아침처럼 눈부시게 희망이 넘쳤다.

골목은 자연을 그래로 받아들인다.
비가 오면 비에 젖고, 눈이 오면 눈에 덮인다.

-통의동 골목

아버지의 야전점퍼

가을볕에 잘도 마르겠네!

문득 아버지가 입던 야전점퍼가 생각났다. 장롱을 열어 더듬어보지만 눈에 들어오지 않는다. 한참만에야 구석에서 나왔다. 몇 겹으로 포개진 아버지의 옛 모습을 펼쳐 눈앞에 대보았다. 빛바랜 녹빛만큼이나 기억이 아득하다. 아버지가 돌아가신 것은 초등학교 4학년 때다.

큰형은 아버지가 유품으로 남긴 군복, 우리가 군대 생활할 때 '야상'이라 불렸던 옷을 끔찍이도 아꼈다. 미군부대에서 어렵사리 구한 군수품이라 했고, 오리지널 미국놈 물건은 무얼 봐도 단단하다고 했다. 단단한 옷? 아버지가 입던 군복을 자세히 살피다가 골이 진 원단을 손톱으로 살짝 긁어본다. 미국 어느 들판에 뿌리를 박고 강인한 생명력으로 자랐을 목면에서 채취한 원사가 씨줄과 날줄로 촘촘히 박혀 있다. 재봉선이 일정할뿐더러 단추를 옭아맨 뒷실에서도 견고함이 느껴진다. 신대륙에서 억척스레 삶을 일구다가 2차 대전을 통해 세계의 강자로 부상한 미국의 힘을 옷 한 벌이 고스란히 간직하고 있다.

형은 아버지의 미제 군복을 당신 군대 생활할 때 입어 대외에 과시했다. 물론 적지 않은 사람들로부터 부러움을 샀을 것이다. 형은 그 우쭐함을 입은 채 제대했으나 세상은 그가 뜻하는 대로 되지 않았다.

형이 그토록 애지중지했던 아버지의 유품이 막내인 내게로 넘어온 까닭이다. 미제 군복만큼이나 이 세상은 견고했으므로, 풀리지 않은 인생을 헤쳐 나가느라 소주를 애용했던 큰형은 오십을 넘지 못하고 저 세상으로 가버렸다.

내가 입기에 아버지의 군복은 작았다. 형의 키가 168 정도였는데 아버지와 함께 찍은 사진을 보면 두 분이 고만고만했다. 옛날 사람 치곤 작지 않은 키라고 했지만 178인 내 몸을 허용할 만한 크기는 아니었다. 그래도 무슨 심정에선지 어깨가 답답하고 소매 아래로 손목이 삐져나온 그 옷을 몇 차례 입고 다녔다. 멋있다. 친구들은 내 모습에 그저 찬탄했지만. 나와 살을 맞대는 사이인 애인은 작아 보인다고 직언했다. 이상하게 자기 옷 같지 않아. 불편하지 않아? 나는 고개를 설레설레 저었다. 그때 나는 짐짓 딴청을 부려 눈물이 도는 얼굴을 감췄다.

장롱에서 꺼낸 아버지의 야상을 욕조에 넣고 빨았다. 먼지가 쌓인 것도 때가 낀 것도 아니었지만 한번쯤 빨아줘야 할 때인 것 같았다. 욕조에 세제를 넣고 물 먹은 군복을 돌리다가 문득 떠오른다. 이 옷을 빠는 것도 이게 마지막 아닐까? 빨래를 베란다에 너는데 어머니 목소리가 들려온다.

가을볕에 잘도 마르겠네!

깜짝 놀라 뒤돌아봤다. 어머니도 2012년 가을 돌아가시지 않았던가. 베란다 창문으로 보이는 가을 하늘이 시리도록 파랬고, 구름은 빵처럼 부풀어 있었다. 아버지나 형이나 어머니처럼 나도 언젠가 이 세상이라는 무대에서 사라지겠지. 그 뒤 저 하늘과 구름을 보며 누군가 나란 사람을 기억해낼까?

가을볕이 봄볕인 양 따스하다.

엄마가 부르면 집에 가야 한다

보헤미안 랩소디(Bohemian Rhapsody)가 음악뿐 아니라 영화로도 성공하면서 다들 그 노래만 부르는 것 같다. 그중 Mama, just killed a man(엄마, 방금 한 남자를 죽였어요)란 가사를 습관처럼 읊조린다. 의미를 알고 모르고는 그리 중요하지 않다.

주인공 프레디 머큐리는 1945년 탄자니아의 잔지바르에서 유색인의 피를 받고 태어나 1995년 에이즈로 짧은 생애를 마친, 영국 록 밴드 퀸의 리드싱어이다. 그가 사망하기 전 마지막으로 녹음한 미완성의 노래 'Mother Love'의 노랫말을 들으면서 나는 눈을 꼬옥 감을 수밖에 없었다. I'm coming home to my sweet, Mother love(이제 난 집으로 돌아가요, 사랑하는 어머니에게로.)

어느 가을 나는 유리에 베어 발등의 동맥과 힘줄이 끊어지는 돌연한 사고를 당했다. 구급대원이 달려와서 낭자하게 흐르는 피를 지혈하려 압박붕대로 발을 칭칭 감아야 할 정도였지만, 구급차에 실려 응급실에 도착하고 수술실로 옮겨질 때만 해도 시간을 체감하는 내 의식은 비교적 명료했다. 그랬는데, 어떻게 내 몸이 마취 약물에 침식당하는지조차 모르게 의식이 한순간 캄캄해졌다.

갑작스럽고도 완벽한 소등. 그 순간에 대비하여 빛을 발하도록 고안된 별도의 기억장치란 내게 없었다. 기억은 약물을 만나면서 통증과 함께 사라지고, 그 사라진 자리에서 시간은 어둠과 만나면서 형체를 잃었다. 그리하여 그토록 갈급하게 수술이 진행되는 동안 나는 다만 무통 속에서 평화로웠다.

기억이 되살아나기 시작한 건 영세한 공장의 외딴 창고 같은 회복실에서였다. 눈을 뜨자 더러운 흰색 가운을 입은 누군가가 몸을 굽혀왔다. 동맥과 힘줄, 신경조직을 접합하는 데 네 시간 걸렸네요. 내 몸속으로 칼과 핀셋, 고무장갑을 낀 손이 드나들었고, 그런 행위가 뻐젓이 시간을 동반했음을 암시하는 그의 말에 저으기 나는 당황했다.

불안이 서로를 결속한다. 병원에서는 생면부지가 언어소통을 가로막는 조건으로 작용하지 않는다. 자신뿐 아니라 모두가 불안하다는 공동의식을 확인하려, 입원 환자라는 신분에서 벗어나는 즉시 끊어질 인연의 타인들과 무의식이 지시하는 말을 끊임없이 주고받는다. 마치 사람이 말한다기보다 마취에서 풀려나기를 오래

기다려온 말이 저 홀로 이 사람 저 사람에게로 붙어 다니는 듯싶다. 그런데 전신마취 환자에게는 공통점이 있었다. 그처럼 많은 말을 쏟아 부으면서도 누구나 체험했을 저 소등의 순간을 소상하게 말하지 않는다는 것이었다. 도무지 기억나지 않는다는 것이 일관된 진술이지만 기껏해야 주사 한대에 불과한 약물로 죽음과도 같은 어둠을 체험할 수 있다는 생명의 허구성에 저마다 놀란 기색이었다. 그것이 쉽사리 말로 표현하기 난해한 감정으로 서로를 몰아갔음이 틀림없다. 그 무서움을 알기에 역설적으로 삶에의 의지를 강조하려 공허한 말들을 늘어놓는 것은 아닐까.

그 소등의 순간 나는 무엇을 보았던가. 확실치는 않지만 돈암동 집 대문 앞에 서 있는 어머니를 보았던 것 같다. 어머니가 나를 향해 손을 흔들었다. 애야, 해가 저물었잖니. 인제 그만 들어오렴. 나는 어머니 말을 거역하듯 태연히 어둠 속에서 뛰어놀았다.

그랬다. 난 소문난 개구쟁이였다. 물론 지금도 철이 들지 않았고, 죽을 때 역시도 장담하기 어렵다. 공사하는 집 앞, 인부들이 힘들게 져다 부린 모래더미 위에 올라가 발로 마구 뭉개 놓기도 하고, 모래를 한 움큼 집어 내 또래 꼬마 녀석들에게 뿌리기도 했다. 모래를 뒤집어쓴 녀석들도 가만있지는 않아 금세 난장판이 돼버렸지. 권태로움을 즐기는 놀이도 있었다. 모래에 한 손을 푹 쑤셔 넣고 "두껍아, 두껍아. 헌 집 줄게, 새집 다오"라는 노동요를 부르면서 다른 한손으로 토닥토닥 두드린다. 그 후, 슬그머니 손을 빼면 에스키모

돈암동 내가 살던 미아리 고개 이면도로에 남아 있는 유일한 한옥.
이 집은 문방구를 경영하던 사람이 살아 문방구 집이라 불렀다.

집이 생기는데, 그 모양에 만족스러운 웃음을 짓는 것도 잠시, 단번에 모래집을 부숴버린다. 다시 만들기 위해…….

누구나 모래 위에 글씨나 그림 따위를 한두 번은 그렸으며, 어떤 녀석은 한나절 거대한 모래성을 쌓아 올리기도 했다. 세상에 태어나서 누구나 그렇게 장난을 치다 보면 날이 저문다. 대부분 날이 저물기 전에 스스로 집에 들어가는데, 끈질기게 놀이터에 남아 있던 녀석도 자신을 낳아준 엄마가 부르면 결국은 집에 가야 한다.

오이짠지 도시락

있을 때 아끼느라 후하지 못했어.

오래전 어머니께서 혼잣말처럼 중얼거리는 걸 내 귀는 놓치지 않았다. 어머니의 후회 어린 말투에 겹쳐 양은 도시락이 떠올랐다. 도시락 뚜껑이 열린다. 맨밥에 오이짠지뿐. 나는 죄라도 지은 양 뚜껑을 덮는다.

어렸을 때 우리 집 형편은 누가 보더라도 중류층에는 너끈히 들었지만, 도시락 내용물은 주변에 보이기 창피할 정도였다. 돈암동 일대 3층 이상 건물이 서넛에 불과했을 때 그중 하나가 우리 소유였는데도 말이다. 학교에서 먹는 점심 도시락뿐 아니었다. 잔칫날을 빼고는 검소하기보다 빈곤에 가까운 상차림이었다. 콩나물국에 김치, 그리고 어느 때부턴가 오이짠지를 질리도록 먹었다. 지금 생각하니 아버지가 돌아가시고서 밥상 사정이 본격적으로 나빠졌다.

어머니의 기이한 음식 절약을 나는 성년이 돼서야 조금 이해할 수 있을 것 같았다.

그래도 나는 좀 나은 편이었나? 하긴 그때는 내 도시락 반찬이 부실한 것만 눈에 띄었지, 점심을 거르는 아이들은 눈여겨보지도 않았다. 다양한 반찬으로 잘 짜인 도시락을 보면 부러움에 앞서 어떤 소외감이 느껴졌다. 특히 검은 김에 말린 흰 밥, 거기에 박힌 계란 단자의 노란색과 홍당무의 주홍색, 시금치의 초록색을 보면 어느 부잣집 문밖을 서성이는 기분이었다. 지금은 단지 동네 어디나 있는 김밥일 뿐인데…….

그 무렵 내가 도시락을 먹는 자세는 어땠을까? 보나 마나 도시락을 감추듯 몸을 잔뜩 숙인 채 겨우 젓가락을 내밀었을 테지. 아무래도 부자연스러운 자세였으므로 입안에서 잘 으깨어지지 않은 음식물이 힘겹게 식도를 통과해 위장에 닿았을 것이다. 어머니가 자주 싸주는 오이짠지는 세상에서 가장 소화가 안 되는 반찬이었다.

어머니는 서울 변두리 출생이었다. 어머니의 외가는 시구문 밖에서 전답을 임차하여 겨우 생계를 잇는 소작농이었다. '이문동 할머니'라고 불렀던 외할머니는 이따금 찐 옥수수를 머리에 이고 먼 거리를 걸어 돈암동 우리 집에 오셨다. 철없는 우리는 옥수수라면 팔짝 뛰었고 다 먹고서는 옥수숫대를 입에 대고 뚜뚜 나팔을 불었다. 우리에게 별식이었던 옥수수가 외가에서는 주식인 걸 알 리 없었다. 외할머니의 딸인 어머니가 빈곤한 상차림에 익숙한 성장기를

내 성장기의 우울은 어쩌면 오이짠지의 쪼글쪼글한
겉모습을 닮았는지 모른다.

보냈으리란 건 훨씬 나중에야 알았다.

누가 중매를 잘 선 덕분인지 어머니는 용케 사대문 안에 사는 고씨 댁에 시집 왔다. 남편은 이른 나이에 양조장을 차려 돈을 잘 벌었다. 울 주인은 지폐를 뒷주머니에 넣고 다녔지요. 여자들이 환장해서 꽁무니를 따라다녔어요. 훗날 어머니가 누군가에게 전한, 자랑인지 경멸인지 모를 얘기를 나는 기억한다. 아버지가 양조장을 경영할 무렵은 내가 아직 세상에 태어나기도 전이지만 내 눈엔 또렷이 보인다. 흰 쌀밥 곁에서 무럭무럭 김이 피어오르는 소고깃국, 참기름으로 코팅된 삼색나물과 간장 종지에 자작하게 담긴 소고기 장조림…….

내가 초등학교 들어가던 해 아버지가 마당에서 쓰러지셨다. 양조장이 주류 총판으로 변해 아버지가 명륜동에 사업장을 차렸을 때였다. 의형제를 맺은 동업자가 배신한 탓이라는 말이 들려왔는데 물론 어린 내가 저간의 사정까지 알기란 불가능했다. 병치레 3년 끝에 아버지가 돌아가셨지만 돈암동 3층 건물에서는 꼬박꼬박 월세 돈이 나왔다. 달라진 건 눈에 띄게 반찬이 줄어든 밥상이었다. 그때부터 아흐, 정물처럼 밥상에 놓인 콩나물국과 김치, 그리고 내 도시락에까지 따라온 오이짠지!

없어서 후하지 못한 외할머니와 달리 어머니는 왜 있으면서도 후하지 못했을까? 당신 입으로 그 까닭을 구체적으로 밝힌 적은 없다. 아니, 구체적이라기보다 논리적인 설명을 어머니에게서 들은 기억이 없다. 어머니는 수탈과 착취의 시대인 일제강압기에 태어났고, 20대에 총소리와 화염연기에 휩싸인 6.25전쟁을 겪었다. 수원 가는 피란길에서 떡 장사를 해서 돈을 곧잘 벌었단다. 귀가할 때 머리에 인 광주리는 비었지만 대신 돈주머니 전대는 불룩했지. 어머니는 외려 그 모진 세월을 자랑스레 밝히곤 했는데, 그러는 과정에서 절약해야만 먹고 싶어도 먹지 못했던 과거로 돌아가지 않으리란 강한 신념이 생겨났으리라고 자식들은 추측한다.

그처럼 어머니에게 가난은 경계를 늦출 수 없는 적군이었지만, 이불공장을 운영한다는 어떤 사업가에게 큰 사기를 당해 온 식구를 전세방에 전전하게 했다. 언제부터가 재미를 붙이기 시작한 이자놀이가 화근이었다. 그 전에 이미 다달이 곗돈을 붓는 계모임에 빠져 오야도 맡는 등 조짐이 안 좋긴 했다. 깨도 심고 딸기도 심는 이문동 소작농 출신은 불어나는 이자에 원금 달아나는 줄 몰랐고, 결국은 그 좋던 한옥집까지 사기꾼에게 바쳤다.

우리는 청량리 588 뒤 전농동으로 이사해야 했다. 있을 때 쓰지 못한 대가로 양은 도시락이 이삿짐에 끼어 왔다. 내 어찌 잊으리. 내 성장기의 우울처럼 한쪽 면이 찌그러져 그늘을 드리웠던 양은 도시락. 어머니 탓에 중학교 다니면서 종종 결식학생에 끼기도 했다. 나는 중학교 때를 내 기억에서 지우개로 싹싹 지웠으면 한다.

하지만 나는 어머니의 자식이다. 기이하게도 지금의 나는 어머니를 답습한다. 여름이면 아내에게 오이짠지를 밥상에 자주 올리라

고 이른다. 아내가 찬거리를 장만하는 백화점이나 마트에서는 오이짠지를 팔지 않는다. 재래시장을 뒤져 사와야 한다. 짠지 파는 행상이 늘 그 자리에 있지 않으므로 한 번에 많이 사들여 냉장고에 넣어두지만, 먹는 사람은 정작 나 혼자뿐이다.

사전을 뒤져보니 오이짠지는 오이지의 충청도 말이다. 서울사람인 내 입에 어떻게 오이짠지란 충청도 사투리가 붙어버렸는지 모르겠다. 오이짠지는 삼복더위나 장마철에 먹으려고 미리 담그는 저장식품이다. 하지가 오기 전에 오이를 소금에 절이는데, 섬유소가 앙상하게 오그라들어 결대로 쪼개져야 잘 익은 오이지이란다. 오이지를 담그는 데 들어가는 양념은 소금뿐이지만, 너무 이르지도 무르지도 않았을 때 독에서 꺼내야 한다는 게 오이짠지 전문가의 말씀이시다. 요컨대 오이짠지는 시간이 숙성시키는 음식이라는 것.

밥상에 놓인 오이짠지는 온전히 나만을 위한 음식이다. 오이짠지를 위턱과 아래턱 사이에 넣고 묵묵히 어금니로 씹는다. 꽤 오랜 시간이 지났는데도 내 성장기의 우울은 여전히 오이짠지의 섬유질을 닮아 있다. 슬픔이 아삭아삭거린다. 오이짠지를 입에 넣고 오래도록 씹으면 딸들이 물끄러미 쳐다보곤 한다. 너희들 그거 알아? 아버진 슬픔을 음미하는 묘한 취향을 지녔어. 무엇보다 오이짠지를 통해 돌아가신 너희 할머니를 이해하고 싶은 거야. 너희도 알다시피 나는 54년 동안 어머니와 함께 살았지. 참으로 오랜 세월이었어. 그렇지만 단 한 번도 어머니를 제대로 안 적이 없었던 거 같구나. 그 말은 번번이 내 입 밖으로 나오지 않는다.

모든 새들은 떠난다

오늘 아침 차를 몰아 중랑천을 지나다 이삿짐으로 가득한 화물차를 보았다. 짐칸에 실린 살림들은 남루했다. 길고 단단한 고무줄이 장롱과 소파, 의자, 가전제품 등속을 한 데 묶어 요철길에 대비하고 있었다. 이따금 주전자와 그릇이 서로 부딪쳐 달그락거렸다. 장롱에 기대 있는 오래된 벽거울로 동부간선도로가 따라다녔다. 내 눈동자는 어느새 필름을 되감고 있었다.

장롱은 자개장이었다. 봉황과 주작을 새겨 넣은 조개껍데기가 햇빛을 되쏜다. 새들은 모란나무 위에 앉아서 한여름 더위에도 태평하였다. 검은 라크칠은 군데군데 흠집을 남긴 채 아직은 반질반질한 광택을 머금고 있다. 짐칸에 흔들려가면서 자개장은 꽃 좋던 시절을 잊지 못하는 늙은 기생처럼 천연덕스러웠다.

빌려주고 욕먹느니 안 빌려주고 욕먹는 게 낫다. 돈을 말함이다.

내 어머니는 욕먹는 데 선수셨다. 어느 날 자개장을 들여온 것도 가구장이에게 빌려준 돈을 받지 못하고 대신 받은 욕값에 다름 아니었다. 열 두자는 족히 넘어 보였다. 안방은 금세 푸르다 못해 검어 보이는 바닷속으로 변했다. 바닷속은, 물고기는 물론 전복, 소라, 조개들로 넘쳐났는데, 놀랍게도 나무와 새들도 깃들어 있었다. 바다와 땅과 하늘이 안방에 와서 한 살림 차린 셈이었다.

자개장이 재산목록에 들어갈 자격은 충분해 보였다. 하지만 그로 인해 어머니에겐 사흘이 멀다고 라크칠한 가구에 광택을 먹이는 번거로움이 생겼다. 누나는 부주의한 빗자루질로 생겨난 작은 흠집에 역성을 들어야 했다. 여러 번 수평을 고쳤지만 장마철이면 어김없이 여닫이문에서 삐걱거리는 소리가 났다.

그러는 동안 어머니의 욕값은 점점 더 커졌고 급기야는 집을 팔아야 하는 사태로 번졌다. 꼼짝없이 전세를 살아야 하는 처지에 이르면서 자개장도 달라진 환경에 놓여야 했다. 이사할 때 따로 용달차를 불러야 할 정도의 부피를 지닌 자개장은 비좁은 전세방에서 식구들을 압박하는 부피로 다시금 자리했던 것이다. 어느 땐 옷장이 아니라 식구들을 넣어 가두는 감옥처럼 보였다. 이토록 애물단지로 전락해버린 자개장을 버리자는 것이 식구들의 이구동성이었지만, 그때마다 어머니는 강하게 손사래를 치셨다.

몇 차례 이사길에 동행했던 자개장이 마지막으로 집을 떠난 것은 아파트로 주거지를 옮겼을 때였다. 동사무소에서 발급한 폐기재활

가세가 기울어 1975년 마침내 돈암동 한옥집을 팔고
전농동 굴다리 지나 시장동네로 이사해야 했다.
-전농동 골목에서

용 딱지를 문에 붙이고 자개장은 쓸쓸하게 먼저 살던 단독주택에 남았다. 내 차에 올라 살던 집을 떠나는 순간에도 어머니는 길게 목을 내어 자개장이 남은 곳을 바라보셨다.

중랑천은 한강으로 흐른다. 자개장을 실은 화물차도 어느새 강변로를 달린다. 무슨 까닭인지 내 차와 화물차가 앞서거니 뒤서거니 나란히 달리고 있었다. 갑자기 도로 공사장에서 바람이 불어 닥쳤다. 모래먼지가 한순간 시야를 가리자 화물차가 기우뚱했다. 짐칸의 살림들이 쏟아질 듯 휘청거렸다. 바닷물이 출렁거리고 모란나무가 세차게 흔들리더니, 물고기와 새들이 일제히 자개장을 떠나기 시작했다. 물고기들은 강으로, 새들은 하늘로……. 제 갈 길을 찾아가는 그것들을 한동안 물끄러미 바라보았다.

어부바

나는 안다. 포옹보다 더 큰 사랑은 업어주는 것임을. 나는 어머니나 큰누나 등에 업혀서 자랐다. 업둥이로 자랐으므로 업고 업히는 것을 당연히 생각했다. 그러나 나이 든 나는 날로 가벼워지는 어머니를 왠지 업어 드리지 못했다. 손주를 업을 엄두가 나지 않을 것이고, 내 자신이 업히리란 건 꿈도 꾸지 못하는 시대에 살고 있다. 내 잔등은 늘 시립다. 어머니 잔등에 볼을 부비던 기억이 내게서 사라졌기 때문이다. 내 등에서 가끔 가랑잎 서걱거리는 소리가 나는 건 내가 업어 드리지 못한 어머니의 가벼운 기척 때문이리라. 어부바 …… 어디선가 등을 돌려 앉으시는 어머니 목소리가 들린다. 아, 어머니! 돌아가시기 전에 40Kg도 못 돼 요양병원 침대머리를 가까스로 붙들고 계신 그 몸을 나는 업어 드리지 못했다.

제기동 골목길을 지나다 나는 어린 아이를 업은 엄마의 모습을 오래된 집에서 보았다.
골목의 집들은 무언가 기억나게 한다.

너를 기다리다가 백년이 지났다
어둠은 구불구불한 골목을
지나오면서 물빛으로 풀렸다.
막다른 골목집, 백년 전부터 닫혀 있는 대문.
시린 밤공기를 땅에 박고 전봇대로 나는 섰다
외등을 켜고 대문에 귀 기울인다
추억은 너를 닮아 기적 없는데
빨래소리만 이따금 환하다.

어둠이 파랗게 내려앉으면서 외등이 켜진
북아현동 골목길

골목에서의 연가

이 저녁에 나는 다시 전봇대에 기대선다. 동네의 모든 어둠을 빨아들이면서 어제처럼 너의 집은 적요하다. 너의 집 앞을 지나는 사람마다 빈 집에서 풍겨나오는 스산함에 조심스럽거나 빨라지는 걸음이지만 나는 혼자만이 풀 수 있는 수수께끼를 간직한 채 씁쓸하다. 빈집의 존재를 부정하는 은근한 신호일까? 아니면 외등도 없는 전봇대에 기대 선 나를 의식해설까? 길께로 난 창문은 항상 반 뼘 정도 열려 있고, 그 틈서리로 드물게 성냥불 같은 불빛이 비쳐온다. 어둠 한 모서리를 깨물다가 사그러드는 불빛. 너인지 확실하지는 않지만 그 잠깐의 빛 속으로 한줄기 그림자가 벽을 더듬는다. 그때마다 사연 많은 여인의 얼굴이 송연히 떠오르는 건 왤까?

나는 단 한 번 너를 본 적이 있지만 지금 생각하면 꿈길에서처럼 어렴풋하다. 달빛이 소롯이 내리깔린 골목길에서 너와 나는 스쳐

갔던가. 내가 그랬듯이 너 또한 어디선가 본 적 있는 얼굴이라 의식해선지 몇 마장의 거리에서 뒤돌아섰다. 아주 잠깐, 하얗고 쓸쓸한 얼굴이 풍선처럼 떠오르더니 미궁 속으로 사라졌다. 아니 미궁은 아니었다. 골목 어디쯤에서 대문 열리는 소리가 들렸으며 다시는 열리지 않을 성문처럼 무겁게 닫혔다.

　너에 관한 기억은 이처럼 달빛에 포장된 환각 비슷하다. 어쩌면 이 순간 전봇대에서 마주보고 있는 집도, 창문도, 그림자도 너의 것이 아닌지 모르겠다. 하지만 투명하지 않은 너야말로 내게는 더없이 다정한 연인이다. 있는 듯 없고 없는 듯 있는 너를 바라보는 이 저녁이 아득히도 평온한 것이다. 나는 안다. 창문 안쪽에서 은밀하게 가물거리는 불빛의 의미를. 아무도 사랑하지 않기를 소망하며 오늘도 너는 타다 남은 생명을 다스리고 있구나. 이따금 피어오르는 그리움마저 완벽하게 소멸시킨 후 마침내 지상의 어느 불빛보다 환하고 풍요로운 어둠으로 남으리라. 사연 많은 여인이여, 너는 사라져가는 재의 영혼이다.

골목의 담장은 낮아 줄에 널린 빨래를 쉬이 볼 수 있다.
팬츠와 브라자 등 웬만한 집에선 공개를 꺼리는 내복까지도.
-성북동 골목

골목에서는 때때로 집이 길을 열어준다.
-옥인동 골목에서

산동네 골목길을 지나다 보면 무릎 높이나 발바닥 높이에서
말소리가 들려 올라와 어리둥절할 때가 있다.
비탈진 산지에 집을 짓다 보니 반은 길 위에 불쑥 솟아오르고
반은 땅속에 묻혀버린 형국이라서 그렇다.

-행촌동 성곽길

어떤 집은 땅속에 살림을 차린 것처럼 보인다.
-상도동 골목

산동네 집들은 비어 있었다. 멀리 보이는 아파트로 떠나갔을까.

-상도 4동 산동네 골목집

돈암시장의 미친년

한때 재래시장이 번창했을 때 돈암시장은 개천과 나란히 삼선교까지 뻗어 있었다. 개천가에는 콜타르를 칠한 판잣집이 빼곡했는데 밤에 보면 물 위에 뜬 수상가옥 같았다.

개천은 장마철에나 겨우 물소리가 들리는 건천(乾川)이었지만, 그 빈약한 물에도 동네 사람들은 빨래를 하러 나왔다. 어디서 구해 온 납작한 돌에다 빨랫감을 놓고 방망이로 탁탁 소리 나게 쳐서 때를 뺐다. 때로 아낙들이 개천에 머리를 풀어 감기도 했는데, 그러려면 치맛자락을 허벅지 위로 걷어 올린 채 민다리를 개구리처럼 오그려야 했다. 그 모습을 보면 가슴이 콩당콩당 뛰어 아아아아아 …… 타잔처럼 소리를 지르며 개천을 가로지른 다리 위를 달려가야 했다.

빨래를 공동으로 삶는, 양잿물이 든 커다란 드럼통이 개천가에 있었다. 빨래를 삶을 때 드럼통에선 하얀 김이 무럭무럭 피어올랐고, 드럼통 아궁이에서는 장작불이 시뻘겋게 타올랐다.

시장은 낮이고 밤이고 사람들로 붐볐다. 주부들은 그물처럼 생긴 장바구니를 들고 시장을 거닐었고, 극장에 갈 때도 핸드백 대신 장바구니를 들고 갔다. 물건을 조금이라도 싸게 사려고 흥정하는 모습을 쉬이 볼 수 있었고, 흥정이 빗나가서 주부와 장사꾼 사이에 욕설이 오가기도 했다. 좁은 시장길이지만 자전거는 용케 사람들을 피해 다니면서 딸랑딸랑 경적을 냈다. 이상하게 시장에선 화재가 빈번했다. 불이 난 까닭은 대부분 밤새 켜놓은 알전구가 과열로 터지면서 불길이 전선을 타고 천장에 옮아 붙었기 때문이었다.

그 시절, 돈암시장에는 미친 여자가 싸돌아다녔다. 미친 여자지만 내 기억으로는 묘하게 관능적인 구석이 있었다. 아오자이처럼 생긴 좁고 긴 치마에, 앞섶이 살짝 풀린 저고리, 머리엔 어떤 땐 머리핀을, 어떤 땐 꽃 한 송이를 꼽고 다녔다. 늘 화장기가 있는 얼굴에 입술이 붉었다. 가슴에는 언제나 둥그레한 보따리 하나를 꺼안고 다녔는데, 사람들은 그게 아기라고 했다. 여자는 누구든 눈길이 마주치면 배시시 웃었다. 나 이뻐? 그녀의 헤픈 웃음은 빨랫줄에 걸쳐 놓은 속옷처럼 하늘거렸다.

시장에 큰불이 나고서 한동안 그녀의 모습은 보이지 않았다. 어떤 사람은 그녀가 보따리, 아니 아기를 불에 잃고 더욱 미쳐버려서 어디론가 떠났다고 했다. 또 어떤 사람은 기골이 장대한 사내가 나타나 그녀에게서 아기를 빼앗더라고 했다. 그 충격으로 자살했으리라 추측했지만 어딘지 꾸민 이야기처럼 들렸다.

그녀를 생각하면 늘 불온한 궁금증이 앞섰다. 아이를 낳지 못해 버림받았을까? 남편에게 소박맞고 미쳐버렸을까? 술집에 나갔다가 손님한테 심하게 얻어맞고 돌아버렸을까?

그녀가 다시 시장에 나타난 건 한 달쯤 지나서였다. 여전히 속옷처럼 흔들리는 웃음기를 머금고 시장길을 다녔지만, 나는 그녀의 얼굴을 가까이서 마주칠 수 없었다. 그녀의 웃음 너머, 아직 체험한 적 없는 세상을 향해 아아아아아아아…… 소리 지르며 빠르게 달려가야만 했다. 그렇게 멀찌감치 달아나선 뒤돌아서서 물끄러미 그녀를 바라본다.

카타르시스의 여왕

문희가 왔다. 대문과 창문이 열리고, 거리마다 발자국 소리로 넘친다. 문희가 정말 동아제약 사장님 저택 앞에 와 있었다. 사람들이 순식간에 문희를 에워싼다. 사람의 울타리 안에 문희 말고 다른 배우들도 있었지만, 문희만 유독 반짝인다. 사람들의 망막을 문희 혼자 차지한다. 카메라가 문희에게 다가간다. 조명기사도 문희를 향해 햇빛을 되쏜다. 대본을 손에 쥔 감독은 아예 문희와 한몸으로 붙어버린다. 구경꾼들 머리 위에서 어느새 영사기가 돌아간다.

문희의 크고 검은 눈에서 눈물이 흐르자, 달이 해를 가린다. 개기일식(皆旣日蝕) 때처럼 어두워지는 극장. 어두울수록 투명해지는 눈동자. 문희의 눈물이 어둠을 응축시켜 흑수정으로 뚝뚝 떨어진다. 문희가 울고, 사람의 망막 속에 든 문희들도 일제히 눈물을 흘린다. 어둠 속에서 이미 비밀스런 거래가 오갔던 것일까. 문희의 슬픔은 우리 모두의 슬픔이고, 우리의 슬픔은 문희 혼자의 슬픔이다. 스크린 앞에 일렬로 앉은 사람들, 눈물의 여왕이 공평하게 나눠준 눈물방울로 뺨을 적시면서 가만히 흐느낀다.

문희가 갔다. 문희를 태운 번질번질한 세단이 골목의 모퉁이로 꺾어져 보이지 않는다. 이제는 슬픔의 공동체를 해체해야 할 시간. 문희가 가고 없는 자리에서 돈암동 사람들은 환하게 웃는다. 사람들은 눈물로 지출한 슬픔의 대변을 재빨리도 기쁨의 차변으로 채운다. 삶이란 본디 손익이 균등한 대차대조표 아닐는지. 슬픔이 기쁨을 데려오는 이 현상을 눈물의 카타르시스라고 사람들은 말하지. 문희는 밤하늘 꼭대기에 박혀서 별처럼 반짝이는 카타르시스의 여왕이었다.

오수미와 키치

키치란 말이 있다. 독일의 시장경제, 혹은 독일 미술사에서 생겨난 말인데, 속악해 뵈는 것, 본래 목적을 변조한 사이비란 뜻으로 쓰인다.

친구들과의 술자리에서 옛날 영화배우 오수미 얘기가 나온 적 있었다. 그때 자리에 앉은 누군가가 오수미를 평가했다. 독재니 억압이니 자유의 박탈이니, 숨통이 막혔던 70/80년대는 오수미 같은 여자가 성(性)을 키치로, 환풍기 역할을 했다고. 요컨대 자유민주주의가 억압당하고 있는 현실을 오수미의 관능이 숨기거나 잊게 해줬다는 말에 나는 갸웃했다. 그렇다면 오수미는 군사정권에 유익한 존재였을까, 대중에 유익한 존재였을까. 둘 모두에게 유익했을 수도, 어디에도 유익하지 않았을 수도 있다.

　1970년, '어느 소녀의 고백'으로 영화계에 데뷔한, 풋나기 여배우였던 오수미는 키치로 오해받을 만한 어떤 조짐도 없었다. 그러나 그 영화 제목을 되뇌면 그 옛날 세운상가에서 몰래 유통되던 어떤 음란물이 떠오른다. 오수미의 생김새도 마찬가지이다. 그녀의 생김새는 당시 인기 절정에 있던 문희, 윤정희처럼 예쁘면서도 어딘지 차원이 다르다. 두 여배우에게서 느껴지는 기품이 오수미에 이르러선 현격히 떨어진다. 왠지 모르지만 범접할 수도 있으려니 생각이 들고 묘하게도 그 때문에 가슴이 두근거린다.

　독일의 의사 울리히 렌츠는 '아름다움의 과학'이란 책에서 여자의 외모를 기술했다. 독일을 페미니즘 논쟁에 몰아넣은 그 책은, 사람의 외모가 품성과 성격에 필적하거나 더 중요한 가치일 수 있다고 조심스레 전제한다. 저자는 의학지식에 문화사적, 진화생물학적, 뇌 과학적 연구 등 갖가지 '과학적 고백'을 곁들이다가, 급기야는 아름다움이란 보는 이의 눈에 따라 다른 상대적인 개념이 아니라, 키나 몸무게처럼 정량화할 수 있는 객관적인 개념이라고 선언한다. 과학적 편견을 빙자한 사회적 편견이 아니냐는, 예상된 반론에 저자는 되묻는다. 태어난 지 얼마 되지 않아, 사회의 영향을 전혀 받지 않은 아기마저도 예쁜 얼굴이면 오래, 유심히 쳐다본다는 사실은 어떻게 설명할 수 있느냐?

예쁠수록 선택의 기회가 많다. 모나코의 왕비였던 그레이스 켈리가 그 대표적인 예일 것이다. 누가 낸 통계인지 모르겠으나 예쁜 사람은 그렇지 않은 사람보다 결혼할 기회가 10배나 더 많으며, 데이트도 더 많이 하며 성적인 경험도 풍부하고, 신분상승의 기회 역시 그렇지 않은 사람보다 훨씬 더 많다고 한다.

우울한가? 그러나 그렇게 선택받았기 때문에 예쁜 여자가 치러야 할 대가도 만만찮다는 사실을 알면 조금은 위안이 될지 모른다.

사람의 매력이 단지 겉모습에서만 나오는 것이 아니라는 사실은 물론 누구나 안다. 심성, 지식, 태도, 사회 적응도, 목소리 등이 한 사람의 매력에 이바지한다. 그래서 미인이 입을 여는 순간 그 많던 미적 요소들이 사라져버리기도 한다.

오수미의 추락은 영화감독 신상옥의 이별(1972년 작)에 출연하면서부터이다. 그녀는 유부남 신상옥과 불륜을 맺었다. 동등한 기회를 얻으려고 했지만, 오수미 같은 여자 때문에 삶의 성스러운 가치를 모욕당한 여자들은 그때 일제히 포문을 연다. 남의 남자와 놀아난 더러운 년!

1978년 본격적으로 운명의 장난이 시작되는데 신상옥과 최은희 부부의 북한납치와 탈북 사건이었다. 그 사이 오수미는 사진작가 김중만과 동거함으로써 더 더러워진다. 하필이면 그 시기 그녀가 출연한 영화도 B급 에로영화였다. 신상옥이 남한으로 귀환하면서 김중만과도 이별한 오수미는 대마초나 마약을 사회악으로 지목할 때 자주 호명된다. 1986년에는 패션모델인 동생 윤영실이 행방을 감췄다.

그런데 이상했다. 인생 최악의 순간을 보내는 오수미가 여전히 내 어린 눈에 아름다워 보였으며, 오히려 침울한 색조를 띠는 퇴폐미야말로 오수미에게 정말로 어울리는 듯싶었으니 이건 또 무슨 조홧속인가.

나는, 아니 우리는 아름다움이라는 것에 이성적 판단력이나 세상 인심 모두를 던져 넣는다. 아름다움은 우리를 속이고, 우리는 그 아름다움에 속아 넘어간다. 단언컨대 우리를 속인 것은 오수미가 아니라 우리 자신의 환상 아닐까. 그녀의 커다란 눈이 힘없이 흔들릴 때 이 경쟁사회에서 기필코 살아남으리란 우리의 악착같은 의지도

흔들렸다. 오수미를 찾아 이류 혹은 삼류 극장을 방황한 나 같은 소
년도 있었으니, 오수미는 내 성장기의 창문에 커튼을 날리는 바람
으로 다가왔다 사라진 여자였다.

　1949년 제주에서 태어난 오수미는 1993년 하와이 여행길에서 타
고 가던 승용차가 뒤집히는 교통사고로 죽었다.

축대 위의 집

작년 여름에야 말로만 듣던 전원주택을 구경할 수 있었다. 서마니 강을 옆구리에 낀 황둔이라는 마을에 있는 이층집이었다. 집주인은 아내를 여의고 혼자 사는 초로의 남자였다. '전교조 교사'였다는 그는 여름에는 민박집으로 전원주택을 활용하고 있었다. 오십대 초반, 홧김에 학교를 그만두고 시골에 내려와 산다고 했다.

마당에 들풀과 들꽃이 무성했다. 아름다움이란 무릇, 집주인 말로는 생긴 대로 놔두는 것이라지만, 폐비닐과 생활용품 등속이 섞여 아무래도 무질서한 느낌이었다. 백발을 어깨까지 늘어뜨린 집주인은, 좋게 보면 도인풍의 여유로움이 몸에 밴듯하고, 달리 보면 눈곱도 떼어내기 귀찮아하는 게으름뱅이 같았다. 전원주택이라지만 공들여 건축한 기색보다는 자연이 차려놓은 밥상에 숟가락만 하나 얹어 놓은 모양새였다.

눈에 보이는 게 모두 내 집 정원입지요. 너털웃음을 연신 터뜨리는 주인을 따라 이층으로 오르자 거실을 둘러싼 큼직한 통유리로 서마니 강이 펼쳐진다. 때마침 그럴싸한 풍경을 연출하듯 백로 한 마리가 나래를 접으며 강물 위로 사뿐히 내려앉는다. 강물에 휘감긴 절벽은 톱날처럼 들쑥날쑥하고, 척박한 토양에 뿌리내린 소나무들이 가지마다 무거운 바람을 달고 휘엿하다. 일행 가운데 한 화가가 캔버스를 펼쳐 눈앞에 보이는 풍경을 담기 시작했다.

전원주택은 그 언어부터가 도시적인 감각을 내포하고 있다. 전원주택은 그 장소에 상관없이 도시인을 위한 주거지임이 명백하다. 오래전부터 전원, 시골에서 살아온 사람은 자신이 사는 집을 전원주택이라 부르지 않는다. 전원주택의 집주인들이 설령 농사를 짓는다 해도 시골 사람의 그것과는 사뭇 성격이 다르다. 본토박이들은 생계를 잇는 수단으로 힘겹게 농사를 짓지만, 전원주택 거주자의 농사는 대부분 자급자족이고, 어찌 보면 풍류에 가깝다.

집이 자연과 가깝기를 꿈꾸는 건 아무래도 사람이 자연으로 돌아가고 싶기 때문일 것이다. 전원주택은 그러한 꿈을 담아 집이 자연의 일부로 편입된 모양을 띄고 있지만, 내 눈엔 왠지 작위적으로 보인다. 산과 들을 배경으로, 자연과 교감하다가 이내 썩어가는 시골집과는 사뭇 다르다. 누구나 전원주택을 꿈꿀 수 있는 것도 아니다. 전원주택 대부분은 작으나마 성공한 도시인이라야만 소유할 수 있다. 먹고 사는 일에 매달린 서민들은 어쩌다 지나치는 시골길에서 먼눈으로만 전원주택을 바라볼 뿐이다.

서마니 강이 화가의 능숙한 손놀림 끝에서 풍경화로 완성될 즈음, 내 머릿속을 문득 스치고 지나가는 회색빛이 있었다. 시멘트 축대였다. 어렸을 때 나는 미아리 고개의 이면도로, 한옥과 양옥이 운집한 주택가에 살았다. 집들은 담장을 경계로 다닥다닥 붙어 있었다. 창문을 열면 앞집 축대가 먼저 보였다. 창문을, 내 눈길을 높다란 회색 축대가 가로막고 있었다. 축대 위의 집은 내 어린 눈으로는 거대한 성채처럼 보였지만 어딘지 위태로웠다. 축대를 쌓아 집을 세운 건 집의 외장이 아무리 훌륭해도 평탄하지 않은 지반에 기초한 모래성이라는 게 그 위태로움을 분석하는 지금의 내 생각이다.

봄이 오고 있다. 오고 있지만 그 동작을 나로선 짐작하기 어렵다. 내가 만일 서마니 강이 보이는 집에서 자랐다면 오는 봄을 서마니 강에 대한 기억을 통해 떠올렸을 것이다. 얼음에 갇혔던 강물이 풀려나면서 기슭에 물결로 번져오고, 겨우내 쇳빛 톱니 같았던 절벽은 점차 초록빛을 띠어가겠지. 봄은 자연을 동작시키지만 축대 앞에 이르러선 동력을 잃는다. 축대는 자연으로부터 격절된 문명을 등에 짊어진 채 오는 봄에도 아무런 기척이 없다. 그러나 제때 무너지지 않고 버티는 존재가 얼마나 허구적인가. 어느 아침 괴물처럼 다가온 포클레인에 축대도, 축대 위의 집도 흔적 없이 사라져버리는 광경을 상상한다면, 변하지 않는 존재의 위태로움을 설명할 수 있을는지? 그리고 보니 아파트 16층에 비둘기로 사는 나야말로 축대 위의 집에서 시멘트처럼 무표정하게 봄을 맞이하는지도 모르겠다.

사직동 골목의 방범용 철조망

수수께끼 산에도 봄은 오고

아파트 베란다에서 보면 개운산의 동쪽 일부가 보인다. 좀 더 큰 면적은 아파트단지들에 겹겹이 가려 있다. 눈에 보이는 개운산은 내 눈높이에서 밋밋하게 능선을 이룬다. 내가 16층에 비둘기로 사는 까닭이다. 그러므로 내게는 개운산을 보기 위해 고개를 젖히는 수고로움이 생략된다. 머잖아 길음시장 입구에 고층 주상복합이 들어선다니까, 그때 그 꼭대기에 오르면 필경 내려다보일 것이다. 똑바로 바라보거나 내려다보는 지점에서 산은 작아지기 마련이다. 낮은 곳에서 산을 우러러볼 때의 경외감이 생기지 않을뿐더러, 산이 지닌 신령성마저 의심하게 된다.

어렸을 때는 개운산을 보고 개운산이라 부르지 않았다. 어린 우리에겐 그저 산동네일 뿐이었고, 더러는 '고대 뒷산'이라고 다소 구체적으로 불렀다. 산을 들쑤셔 길을 내고 집을 지었고, 골목마다 콜타르를 칠한 바라크 집이 빼곡했다. 산꼭대기로 이르는 길에 공터가 있었는데, 한켠에 털이 거칠고 눈매가 사나운 개들을 묶어서 길렀다. 사람들이 그곳을 '개 훈련소'라 불렀다. 개 훈련소에서 가까운 곳에 '똥통굴'이라 부르는, 산동네 집에서 퍼온 분뇨를 버리는 분지가 있었는데, 잠자리를 잡으러 앞뒤 재지 않고 뛰어나간 아이가 똥 더미에 발을 빠뜨리곤 했다. 숲을 거닐면 금지구역임을 알리는 철조망이 나타났다. 아이들은 철조망 너머에 야생동물인 늑대가 살고 있으리라고 추측했다. 나는 호기심이 강한 몇몇 아이와 더불어 기어코 철조망을 넘었다. 애장터로 보이는 돌무덤이 군데군데 보였는데, 우리는 곧 죽은 지 얼마 안 되는 아이의 시신 앞에 걸음을 멈추었다. 땅 밖으로 반쯤 드러낸 몸이 무엇에 끌려나온 모양새였다. 갓 태어나 세상에 눈도 맞추지 못한 아이였다. 죽은 아이가 가끔 발견되는 개운산을 사람들은 '아기 동산'이라고도 불렀다.

개운산이 작아지기 시작한 건 어제오늘이 아니다. 집들은 꾸준히 그 영역을 확장해오고, 개운산은 그에 반비례했다. 집들이 높이를 추구할수록 개운산은 성장을 멈춘 채 줄어들었다. 개운산이란 이름조차 나는 부적절하게 생각했다. 개운산(開雲山), 구름이 열릴 만한 높이에 이르는 산으로 알았기 때문이다. 내가 보기엔 비행을 포기한 이무기의 슬픔으로 웅크리고 있을 뿐이다. 그러나 틀렸다. 개운산(開運山)이 나라에서 지정한 올바른 표기이다. 내 틀린 생각은

수수께시 산에도 봄은 오고 상도 4동 산동네 집에도 봄은 오고……

재개발 바람을 피해 살아남은 오래된 산동네집
-동선동 골목길에서

높이에 대한 선입견에서 비롯했다.

그 옛날, 무슨 까닭인지 달포 가까이 학교에 나오지 않는 아이가 있었다. 나는 담임선생님의 심부름으로 그 아이를 찾으러 산동네에 올랐다. 구멍가게, 체 내리는 집, 우물집 같은 대로변의 집들을 지나 어느 골목으로 접어들었는데 아이들이 엉켜서 싸우고 있었고, 아이들의 부모로 보이는 어른들도 같이 엉켰다. 어른들은 처음에 아이들의 싸움을 말리다가 함께 엉켜버린 것이었다. 그중 한 남자가 지붕으로 올라가선 기왓장을 뜯어 아래로 던졌다. 기왓장에 맞은 사람이 피범벅이 된 얼굴로 지붕 위의 남자에게, 앞니가 모두 나가버렸다고 소리쳤다. 끔찍한 광경이었으나 담장에 바싹 등을 기댄 채 나는 손에 땀을 쥐고 싸움을 구경했다. 선생님의 심부름 따위는 까맣게 잊어버렸다.

개운산, 개 훈련소와 똥통굴이 있던 분지를 빼고는 지금은 온통 아파트가 산기슭을 점령해 버렸다. 어쩌다 연립주택이 보이지만 단독주택은 아예 자취를 감추었다.

이윽고 나는 판자 위에 천막을 친 집에 섰다. 지금 그 집은 할인 행사 플래카드가 내걸린 슈퍼마켓으로 변해 있다. 대문도 없는 콜타르 집에 도착한 나는 손나팔을 불었다. 반 친구의 노란 얼굴이 방에서 나온다.

그 밥상을 잊을 수 없다. 결석 친구의 집에 처음 갔을 때다. 점심

때인지 밥상에 밥그릇이 띄엄띄엄 올라와 있었다. 아직 반찬을 올리지 않았나 보다 생각했는데 그게 아니었다. 반찬이라곤 간장 하나였다. 식구들은 돌아가면서 커다란 깡통에 든 마가린을 숟가락으로 떠서 밥에 비비고 거기에 간장을 쳤다.

홍역에 걸렸다는 아이는 나를 통해 선생님 말씀을 전해들은 뒤로도 학교에 나오지 않았다. 선생님은, 앞으로 이삼일 내 학교에 나오지 않으면 퇴학 처분을 내릴 수밖에 없다고, 피도 눈물도, 물론 간장도 없는 엄포를 놨다.

산동네 아이들은 성장하면서 점점 성격이 광포해졌다. 그들은 자전거 체인을 휘둘렀고, 발목에 칼을 차기도 했다. 그들은 멀리서도 용케 나를 알아보고는 주먹을 을러댔다.

언제부턴가 산동네는 내가 가지 못할 금지구역이 돼버렸다. 고등학교 땐가 나는 우연히 돈암동을 지나다 학교에서 퇴학당한 산동네 노란 얼굴을 보았다. 그는 여전히 노란 얼굴이었으나 교복 대신 양복 차림의 의기양양한 모습이었다. 고등학교를 졸업하면 맨 먼저 찾아간다는, 그 유명한 한일다방으로 노란 아이는 스스럼없이 들어갔다.

산동네에도 재개발바람이 불었다. 포클레인이 무너진 집들 위를 어기적댔다. 담장에는 이주를 반대하는 붉은 페인트 글씨가 난무했다. 원주민들과 용역들은 걸핏하면 싸웠다. 그 와중에 노란 아이가 칼에 찔려 죽었다는 소문이 돌았으나 지금껏 확인할 길이 없다.

개운산에 가도 내가 알던 원주민들은 아무도 보이지 않기 때문이다. 그래선지 노란 아이를 생각하면 저 먼 부여국이나 낙랑국에 살았던 인물 같고, 그가 살았던 개운산도 수수께끼 산처럼 느껴진다.

　봄이 오고 있다. 베란다에서 보이는 산을 뭐라 부르든, 나무들마다 벌써 파릇한 물기를 머금은 듯하다. 물오른 새순의 비린내가 멀리까지 풍겨온다. 눈에 보이는 거대한 시멘트 덩어리, 개운산 아파트 단지들이 어딘지 거짓 풍경 같다.

정릉천, 황금수의 기억을 덧대다

"우리 집은 청수장 부근이었어. 정릉 골짜기에서 돈암국민학교까지 걸어 다녔지. 차비? 경국사가 있는 개울 옆에 무허가 집을 짓고 살았지. 장마철이면 무시무시하게 물이 흐르는 소리에 밤잠을 설쳤어."

얼마 전 황금수란 초등학교 동창을 만나서 들은 얘기이다. 술이 오른 그가 갑자기 가난했던 시절을 토해내고 있었다. 대기업 이사란 직책에 어울리게 늘 말끔한 양복 차림이라 부잣집 아들인 줄로만 알았는데 의외였다. 그러고 보니 초등학교 동창이란 인연으로 만나면서도 그에게서 그 시절 얘기를 좀체 들은 적 없는 것 같다. 남들이 뭐라 하면 비교적 담담한 표정을 짓거나 별말이 없었다.

그날 그는 평소와 달리 같은 말을 되풀이했다. 장마철이면 개울 옆이라 무시무시한 소리에 밤잠을 설쳤지. 개울가에 급조한 무허

장마철, 창문을 지나는 빗줄기가 감옥 창살처럼 보인다.
지긋지긋한 빗줄기, 주전자를 기울여 물을 따르다가 문득 몸서리가 친다.
-정릉 4동 골짜기

가 집은 늘 물이 범람할까 봐 두려웠겠지. 틈서리가 벌어진 문으로 보이는 개울은 우리가 밖에서 보듯 낭만적이거나 서정적인 풍경이 아니었으리라. 벽이 얇아서 밤공기를 뒤흔드는 개울 소리가 아무런 굴절 없이 방에 들려온다. 그 소리만으로도 방바닥이 흥건히 젖는 느낌이 들지 않았을까.

장마철이면 더욱 커지는 개울 소리에 무서움도 확대된다. 물 곁이 아니라 물 위에서 마구 흔들리는 집을 황금수는 경험했을지도 모른다. 귀를 떼고 눕지 않는 한 온전히 잠들었을 리 없다.

장마철이면 개울 옆이라 무시무시한 소리에 밤잠을 설쳤지. 황금수가 창피를 무릅쓰고 마구 쏟아내는 말에는 무서움의 원인이 몇 겹의 다층구조를 이룬다. 황금수네 식구들에게 정릉천은 액체란 사실 외에는 어떠한 감흥도 없다. 더러운 생활 오수가 악취를 풍기며 느릿느릿 흐를 때도 있었다. 장마철, 창문을 지나는 빗줄기가 감옥 창살처럼 보인다. 지긋지긋한 빗줄기, 주전자를 기울여 물을 따르다가 문득 몸서리가 처진다. 장마철 개울은 때때로 한 마리 야수처럼 으르릉거린다. 개울가 집, 개울에 면한 무허가 집은 태생서껀 붕괴를 잉태했으므로 흰 송곳니를 드러내는 야수 앞에 더더욱 벌벌 떨 수밖에 없다. 밤잠, 어둠은 사물을 정지시킨다. 사람도 예외일 수 없다. 잠은 휴식의 시간이지만 보이지 않는 세계에의 적응이지 않은가. 가혹하지만 밤잠을 죽음의 예비 동작이라고 표현할 수도 있지 않을까.

황금수가 경험한 유년시절을 그 혼자만의 가난과 공포로 여길 순 없다. 나는, 내가 지녔던 유년의 어둠과 공포로써 황금수를 이해한다. 나 또한 쉬이 고백하지 못했던 기억을 어느 날 취기를 빌려 발설해버릴지도 모른다. 기억은 서로 연대한다. 내가 기억하지 못하는 사실을 타인이 기억하므로 공포도 공유하는 것이다. 그렇다면 내가 기억하는 공포에는 황금수의 몫도 있다. 서로 초대하거나 초대받지 않았지만 나는 황금수의 개울가 집을, 황금수는 미아리 고개 아래 나의 돈암동 집을 기억을 통해 방문한다. 모든 기억은 객관화, 객체화된 기억이다.

장위동 산동네가 재개발을 앞두고 있다.
어느 날 포크레인이 괘도 소리를 내며 올라와선 골목집들을 쓸어낼 것이다.
—장위동 골목

새를 잡자

종종 쥐와 함께 살고 싶다.

아파트에 살기 시작하면서 쥐를 보지 못하였다. 단독주택에 살 때는 밤마다 쥐들이 내 앞과 뒤를, 옆을, 아래위를 빠르게 지나다녔다. 수챗구멍이나 담장의 갈라진 틈새로 드나드는 쥐를 보았고, 천정을 긁는 발소리에 잠을 설쳤다. 내 시각과 청각이 쥐를 감지하지 못할 때면 비누를 갉아먹은 흔적을 남겼으며, 화장실뿐 아니라 부엌에 쥐똥 냄새를 풍겨 자신의 존재를 알려왔다. 나와 쥐는 누가 주연이고 조연이든 한 시대를 살았던 것이 틀림없다.

나와 쥐 사이에 고양이가 끼어들기도 했었다. 나처럼 두 발로 더디 움직이는 직립보행자로서는 흉내조차 낼 수 없는 순발력으로 고양이는 쥐를 덮쳤다. 쥐와 고양이, 이 네 발 달린 종족 간의 싸움은 당연히 덩치 큰 고양이의 승리로 끝나는 듯 보였다. 하지만 쥐는 놀라운 번식력으로 장기전을 펼쳤다. 동쪽 성곽을 허물면 서쪽과 남북 쪽에서 동시에 출몰하는 쥐의 공세에 고양이는 점점 지치는 기색이었다. 하룻고양이 쥐 무서운지 모른다고, 쥐를 물려고 다가간 풋내기 고양이가 역습을 당해 꽁지 빠지게 달아나는 광경을 목격한 적도 있었으니 말이다.

쥐를 떠올리면 내 어린 시절과 맞닿는다. 사람은 산업화에 박차를 가하느라 바빴고, 쥐는 산업화의 쓰레기를 먹어치우느라 바빴다. 공장 폐수에 오염된 한강물을 사람과 쥐가 함께 나눠 마시던 시절이었다. 수도꼭지에서 식수가 콸콸 쏟아져 나오는 문명의 혜택을 쥐에게도 베풀 수는 없었다. 쥐덫을 놓아 이 소란스러운 설치류를 포획했지만, 숫자가 줄어드는 느낌은 아니었다. 동사무소에서 쥐약을 배포한 이튿날에는 눈에 띄게 쥐들이 많이 죽어 있었지만, 며칠 후면 다시 뒤주며 부엌을 뒤지는 소리에 잠을 설쳐야 했다.

사정이 이렇다 보니 공화국 정부에서는 쥐 잡는 날을 정해 학생들 가슴에 '쥐를 잡자'란 구호를 명찰처럼 달도록 했다.

쥐의 먹성은 사람을 닮았다. 사람이 먹다 남은 음식을 먹을 뿐 아니라 사람이 먹고 있는 음식을 훔쳤다. 쥐는 가장 오래, 끈질기게 사람이 먹는 식량을 착복해온 약탈자였던 것이다. 농경시대부터 사람의 집을 제집처럼 드나들더니 아예 제집인 양 정착했다. 시궁쥐라고도 부르는 집쥐의 집은 명백히 사람의 집이었지만, 누대로 집쥐를 몰아낼 신통력은 없었다. 전능하신 세종대왕조차 이정무 장군을 보내 남해안 왜구를 평정했을 뿐 쥐를 굴복시키기엔 역부족이었다. 사람이 쥐를 싫어하는 까닭은 이렇듯 해묵은 소유권 분쟁에 있었다.

쥐를 더욱 싫어하기로 유럽 사람만 할까. 중세 유럽 인구의 3분의 1가량이 쥐가 옮기는 병인 페스트에 걸려 죽었다. 칭기즈칸의 침공을 훨씬 넘어서는 공포로 유럽인들을 쩔쩔매게 한 페스트의 더 정확한 병명은 림프절 페스트라고 한다. 요즘 같으면 항생제 한 알로 치유되는, 걸리면 바보 소리 듣기 알맞은 전염병이지만, 당시는 쥐의 탈을 쓴 저승사자였다.

이토록 사람과 더불어 아기를 낳고 젖을 물리는 포유류면서도 끈질기게 사람을 괴롭혀온 쥐도 주거환경이 바뀌면서 육안으로 보기 어려워졌다. 거대한 콘크리트 덩어리인 아파트는 쥐가 침공하기에 너무도 견고한 요새이다. 문들은 작은 틈새도 용납하지 않으며, 자물쇠보다 한결 진화된 잠금장치로 채워져 있다. 쥐의 작은 머리로는 도무지 풀 수 없는 디지털 비밀번호들로 난공불락을 과시하는 것이다. 심지어 음성인식 장치란 것도 있는데, 알다시피 쥐는 사람의 목소리를 흉내 낼 수 없지 않은가.

그래선지, 문명으로부터 격리된 채 변두리 허름한 집에서 여전히 민첩하고도 경쾌한 동작으로 사람의 음식을 훔쳐 먹고 있을 쥐를 생각하면 공연히 쓸쓸해진다. 나와 쥐는 너무도 갑작스레 친숙하게 살아온 곳을 떠나, 너무도 멀리 낯선 곳으로 왔다는 느낌이다.

이제 사람은 천정을 긁는 쥐의 발걸음 소리보다는 위층에서 돌아다니는 아이들 발소리에 신경을 곤두세운다. 이제 사람은 쥐보다 새를 무서워한다. 조류 인플루엔자가 창궐해서 지구 전체에 황색 경보가 내려진 지 오래다. 조금이라도 구제역이 의심스러운 동네로 방역관들은 신속하게 이동하여 이산화탄소를 살포한다. 질식사한 닭뿐 아니라 오리, 개, 돼지, 고양이, 쥐들이 포클레인으로 파놓은 구덩이에 매립된다. 사람에게도 전염될 수 있는 고병원성 바이러스란다.

대재앙은 하늘로부터 온다. 어떤 피뢰침으로도 모면할 수 없는 재앙임을 깨달아 말세론자들은 닭 모이 주워 먹는 자세로 머리를 연신 땅에 조아릴 것이다. 아직은 중세 유럽의 페스트에 이르지 못하지만 바이러스를 예방하거나 치료할 백신을 발명하지 못한다면 뜰 앞 잣나무 가지를 흔드는 새의 움직임도 예사로이 보아 넘길 수 없지 않겠는가. 하늘을 휘젓는 새의 날갯짓에 달라붙은 공포가 사뭇 무겁다. 쥐 보고 놀란 가슴 새 보고 놀랄 날이 오긴 오는 것일까. 그날이 오면 아파트 옥상에 올라 새를 향해 공기총을 겨눠야 할지도 모른다. 그날이 오면, 그 옛날 그랬듯이 어린 학생들의 가슴에 다시금 명찰이 달릴지도 모른다. '새를 잡자'라고.

범인이 누구냐?

체육 시간이 끝나기도 전에 담임선생님이 운동장에서 놀던 아이들을 교실로 불러 모은다. 사태가 심상찮음을 직감한 아이들은 습기처럼 교실 바닥에 젖어버린다. 한 아이가 일어서서 기성회비가 없어졌다고 울먹인다.

그날 종례는 길고 길었다. 누가 그랬는지 말하면 보내주겠다. 가방을 거꾸로 들어 털고, 호주머니를 뒤집어 소지품을 책상 위에 올려놓지만 헛수고다. 손바닥 뒤집어. 담임이 대나무 자를 수직으로 세워 손톱이 보이는 손가락을 탁탁 내려친다. 맞은 아이들이 아린 손을 겨드랑이에 넣어 비비고, 차례를 기다리는 아이들의 얼굴은 새하얗게 질려버린다. 범인은 여전히 오리무중이다. 담임선생님의 안경이 형광등 불빛을 되쏜다. 눈을 감아라. 종이를 줄 테니 거기에 써라. 그러나 소용이 없다. 범인은 흰 종이를 어둡게 칠하며 더욱 꼭꼭 숨어버린다. 너희는 양심도 없는 놈들, 모두 도둑이고 앞날이 캄캄하구나. 아이들이 고개를 떨어뜨리고 있는 동안 땅거미가 차례로 교실 유리창을 삼키고 있었다. 너희는 구제 불능이라고 선생님이 마지막으로 선언한 뒤에야 어두운 교실에서 풀려났다.

이튿날 아침, 기성회비를 잃어버렸다는 아이가 다시 울먹인다. 신주머니에서 돈을 찾아냈다는 것이다. 그 아이에게로 일제히 눈길이 쏠렸다. 반은 분노하는 눈길이었고, 반은 어이없다는 눈길이었다. 그렇지만 아무도 입을 열어 아이를 비난하지 않았다. 선생님조차 무슨 심사인지 아무 말씀이 없었다. 아이들이 이내 책과 필기도구를 꺼내는 동안 수업시간을 알리는 종소리가 깨질 듯이 울렸다.

그날 종례는 짧았다. 하나씩 나눠주렴. 채변봉투를 반장에게 던져주고는 교실 문을 탁 닫고 나간다. 그러고 보니 내일이 기생충 검사일이다. 변을 받아 오는 과정도, 그 며칠 후 들어야 하는 검사발표도 결코 만만하지 않았다. 선생님은 출석부를 부르듯 아이들 이름에 덧붙여 온갖 기생충들을 호명할 것이다. 회충, 요충, 편충, 십이지장충…… 아이들도, 아이들 배 속의 기생충들도 묵묵히 내일을 대비해야만 했다.

겨울철, 교실에선 주전자와 도시라이 난로 위에서
김을 피워 올리는 소리를 냈지.

교실로 들어서자 금세 풍금이 울리고 책상과 걸상이 들썩이는 거 같았다.
난로에 올려 놓은 도시락에서 밥 냄새가 풍겨온다.
-화동 서울교육박물관

봉투의 진실

한때 발바리란 강간범 때문에 세상이 시끄러웠다. 지붕 위를 훨훨 나는가 하면, 가스배관을 타고 스파이더맨처럼 옥상을 오르내렸다. 벽에도 스며들었다가 나오는지 아무리 창문을 꼭꼭 닫아도 소용없었다. 발바리에게 뜬눈으로 코를 베인 경찰이 한둘 아니었다. 경찰은 서둘러 벽이며 전봇대에 발바리 몽타주와 현상금을 걸었지만 별 소용없었다.

발바리가 붙들린 건 과학수사의 개가였다. 당시에는 흔치 않았던 유전자 검사의 거미줄에 걸려든 것이었다. 저항하는 여성과 엎치락뒤치락하다가 범행현장에 남긴 머리카락이 단서였다.

월급봉투가 사라지고 있다. 지금은 온라인으로 지급하지만, 한때 월급봉투를 경리부서에서 직접 건넸었다. 지금은 누구나 신용카드를 소지하고 있어 급전이 필요한 직장인이 가불을 호소하는 일이 드물다. 월급봉투가 사라지고 있으므로, 월급봉투가 가볍다느니 하는 말도 사라지고 말았다. 월급봉투를 보면 본봉과 상여금, 세비는 물론, 차감한 가불 액수까지 상세히 적혀 있었다. 그 때문에 월급봉투를 아내에게 전달할 때 가장의 의무도 검열받았다. 아내 몰래 교재비 명목으로 지출한 돈은 여지없이 형광등 아래 드러났다. 월급봉투는 숨길 수 없는 가장의 양심이었다. 가벼운 월급봉투를 아내에게 건넬 때 기분이 어떠했을까. 초등학교 때 채변봉투를 건네는 기분은 혹시 아니었을까. 누군가 양심적이라 할 수 없는 채변봉투를 제출했다면 말이다.

이영복은 원래 영악한 아이였다. 공부를 그리 썩 잘하는 편이 아니었지만, '국민교육헌장'을 반에서 가장 먼저 줄줄 외웠던 아이가 이영복이었다.

학교마다 기생충 검사일이 있었고, 그 전날이면 담임선생님이 어김없이 채변봉투를 나눠주었다. 채변하는 요령이 봉투에 기재돼 있지만 종례시간에 선생님이 다시 설명한다. 밤알 크기로 세 번을 떼 내야 해. 물론 소독저를 사용해야 하고요. 봉투 안에 투명한 비닐봉지가 들어 있으니, 거기에 넣고 입구를 성냥불로 지져. 중요한 건 변은 반드시 본인 것이어야 해! 알았지? 어떤 아이도 소독저가 뭐냐고 묻지 않았다. 소독저 대용으로 나무젓가락을 써서 변을 밤알 크기로 세 번 떼 넣는 일은 말처럼 쉽지 않았다. 비닐봉지 입구에 닿지 않으려고 젓가락이 벌벌 떨리기도 했다. 곧이곧대로 밤알 세 번 분을 넣었더니 봉투가 포화상태다! 무엇보다 난감하기는, 채변봉투를 받는 순간부터 생리작용이 정지하는 것이었다. 채변봉투를 제출하지 못했을 때 돌아올 체벌을 이영복은 너무나 잘 알고 있다. 비상한 이영복은 위기를 극복할 묘안을 떠올린다.

남의 배설물을 태연스레 채변봉투에 담아가는 이영복 같은 친구가 한둘은 있었다. 그것은 분명히 해서는 안 될 일이었지만 그렇다고 범법행위는 아니었다. 따라서 범인을 색출하려 유전자 검사를 실시할 필요도 물론 없었다. 그런 냄새 나는 사건을 맡지 않은 건 수사관들을 위해서도 다행한 일! 결국, 이영복은 영원히 들키지 않을 비밀을 채변봉투에 담았다. 그것은 완전범죄, 저승에 가서야 풀릴 미제사건이었다.

학교 폭력

검은 물감이 흰 공기에 풀린다. 밤공기가 빠른 침투력으로 세상을 장악한다. 길은 어두워서 그 휘어지는 곳과 끝이 보이지 않는다. 보이지 않는 곳을 경계해서 사람들은 방범등을 켠다. 불빛이 인도하는 데로 향하라. 불빛이 닿지 않는 밤길을 홀로 걷는 것은 금지사항이다.

여성이라면 발바리를 경계해야 한다. 발바리가 얼마 전 붙들리긴 했으나 발바리의 분신들이 벽 뒤에 여전히 도사리고 있다. 남성이라고 해서 밤길이 태평한 건 아니다. 어둠 속에서 불쑥 벽돌이 나타나서 술 취해 귀가하는 그대들의 후두부를 공격할지 모른다. 지갑만 털리면 다행이지만 늘 변함없던 귀갓길이 저승길로 바뀔지도 모른다.

밤이 무서운 건 눈에 보이지 않는 가해자가 은폐, 엄폐된 상태로

기습해와 일격을 가하기 때문이다. 벽을 향해 몸을 뉘고 잠들었을 때 등 뒤에서 열리는 창문을 상상해보라. 밤공기를 머금은 채 소리 없이 바람에 흔들리는 나무들은 끔찍하다. 공포는 유리가 깔린 밤 길 위로 롤러스케이트를 타고 미끄러져 온다.

　아침이면 아이들이 집을 나선다. 몸보다 더 커 보이는 가방을 하나씩 등에 지고 학교로 향한다. 작은 물줄기가 모여 큰 물줄기를 이루듯 아이들이 걷는 길들이 교문 앞에서 모인다. 그때쯤이면 학교 유리창들이 일제히 햇빛을 복사해낸다. 교문을 통과한 아이들은 어제처럼 각자의 교실을 찾아가고, 어제처럼 일상화된 공포를 체험해야 한다. 뜬눈으로 다가오는 공포를 이겨내려고 아이들은 단단히 준비한 얼굴이다. 수업이 시작되기 전 교실에 감도는 침묵은 공포의 전주곡이다. 회오리바람에 교실 커튼이 흔들리더니 유리창 깨지는 소리와 동시에 거대한 그가 나타난다. 스스로 반장을 자처하고 아이들 위에 군림하는 그, 공중제비와 장풍이 주무기다. 오늘은 그자를 살려두지 않으리. 아직 안 왔지? 반장의 일갈이 떨어지기 무섭게 교실 천장을 투명인간처럼 뚫고 들어와 거미처럼 공중에 거꾸로 매달리는 담임선생. 벌써 와 있다! 오늘은 너와 나 끝장을 보자. 아이들은 묵묵히 책상과 의자를 교실 한켠에 붙여놓고는, 반장과 선생님이 벌이는 처절한 결투를 구경한다.

밤과 낮에 벌어지는 폭력 상황을 상상으로 그려봤다. 폭력은 공포를 불러오기 마련인데, 그 상황은 낮과 밤으로 갈라지면서 사뭇 다르지 않을까? 눈에 보이지 않는 밤의 공포는 아이러니하지만 사실적이고, 낮의 공포는 눈에 빤히 보이면서도 환상적이다. 그건 그렇고 내 머릿속에서 어쩌다 이렇게 사제간에 벌어지는 폭력이 떠올랐을까? 한때 유행했던 학교폭력영화들은 한결같이 환상을 사실처럼 그려내는 수법이었다. 밤은 우발적인 폭력을 불러오지만 낮의 폭력은 조직적이고도 노골적인 권력이 개입하면서도 눈에 보이지 않는다. 아니, 눈에 보이는 폭력에 익숙해져 눈을 감은 듯 바라보는 것이다. 이런 까닭에 학교폭력영화가 사실과 환상을 뒤섞어 패러디로 상용하는지도 모르겠다.

어디서부터 잘못일까? 무슨 업보이기에 지금은 선생님이 오히려 '학생들 무서워 교사질 못하겠다'고 푸념할까?

손바닥 뒤집어! 대나무 자를 수직으로 세워서 손톱이 가까운 손가락을 탁탁 내려친다. 담임선생님이 돌아서자마자 아린 손을 겨드랑이에 집어넣고 비빈다. 손바닥과 달리 손가락을 맞았을 때는, 때린 사람을 두고두고 원망하게 된다. 학교폭력을 기억할 때 가장 먼저, 가장 위악적으로 떠오르는 장면이 선생님의 체벌이라고 입을 모으는 까닭이다.

수우미양가

인도에는 지금도 카스트 제도가 존재한다. 이런 사실을 인도 정부는 부인하지만, 불문율에 가깝다고 한다. 인도에서 유학한 스님 얘기를 들으니, 뉴델리 대학의 입학원서는 몹시 기묘한 규정을 명시했다고 한다. '수드라(천민, 노예 계층)의 자녀 약간 명을 입학 허가한다.'이 조항으로 추측건대 뉴델리 대학에 입학하려면 최소한 바이샤(농민, 상인 등의 서민)에 속하는 신분이어야 한다. 이를 입증하듯 스님과 함께 공부한 인도인은 크샤트리아(무사, 지배계급)거나 브라만(사제) 출신이었다. 아울러 인도에는 1억 가까운 문맹자가 있으며, 이들의 불학무식(不學無識)은 대대로 세습된다는 게 스님의 전언이었다.

우리나라도 인도 못지않게 출신을 따졌었다. 조선 시대에는 양반

-화동 서울교육박물관에서.

수업을 시작하기 전에 애국가를 부르고
국민교육헌장을 함께 읽었던 시절이 있었다.

이 아니면 나라에서 시행하는 장원, 그 가운데 문과에 응시할 수 없었다. 벼슬에 실패한 양반이라도 그 곁을 지나는 상민은 머리를 조아려야 했다. 노비나 백정에 속하는 천민은 천골(賤骨)이라고 불러아예 태생부터 모욕했다. 지금은 돈 많은 사람이 양반이다. 물론 부자와 권력자는 상통하므로 재산이 많아야 권력이 따르고, 권력이있어야 재산이 따른다.

반상(班常)의 구별이 없어지면서 출세 과정도 평등해졌다. 출신에 상관없이 학교 공부를 잘해야만 벼슬을 달고 부자가 된다는 게일반 상식이다. 오랫동안 빈곤층에 머물러 뼈에 사무치게 가난했던 부모는 학교에 다니는 자녀에게 자신이 못 이룬 희망을 걸었다. 한때 시골에서 농사짓는 부모가 소를 팔아 자녀의 학자금을 댔는데, 당시 소는 농업생산의 원동력이었으므로 가장 값진 재산을 올인한 셈이다. 오죽하면 상아탑이 아니고 우골탑이라고 불렀을까. 부자와 권력자가 상통하듯 대학이 좋은 직장을 보장한다는 건 불학무식도 아는 정설이었다.

사정이 이러니 초등학교 때부터 교육열로 훨훨 타올랐다. 학교를 전인교육의 전당으로 삼기보다 출세의 지향점으로 여겼다. 이 땅의 자녀들은 학교에 가는 게 아니라 일찌감치 경기장으로 내몰렸다. 경기장은 경쟁을 위한 장소이므로 늘 승자와 패자로 갈린다. 물론 대학입시에 요긴한 과목을 잘하는 학생이 승자에 오른다. 여전히 국영수에 베팅하는 것은 상대평가를 할 수 있는 과목이기 때문이리라. 남과의 경쟁에서 이겨 명문대 들어가면 승승장구할 가망성이 높은 것도 사실이다. 아마 지금도 '떡잎론'이 대세일 것이다.

그렇게 출세한 사람들이 우리 사회에 무엇을 공헌했는지 미심쩍다. 나는 옥탑방이 무엇인지 반지하가 어디 붙어있는지 모르는 어느 유명 법조인에 크게 놀란 적 있었다. 그런 그가 대통령 선거에 두 번이나 출마하도록 놔둔 우리 국민은 도대체 그에게 무얼 기대했을까. 아무리 성공한 사람일지라도 그가 공동선을 실천할 만한 재목이 아니라면 냉정히 거부해야 한다. 그런 자일수록 공부는 잘했으되, 인성이 비뚤어졌을 확률이 높다. 그런 자에게 입시공부만을 재촉하는 부모나 선생 또한 비뚤어진 닮은꼴이다.

오늘날 대학에서 인문학이 궤멸해버린 결과는 사회에 나가서 써먹을 경쟁에너지가 없기 때문이라는 데 입을 모은다. 아무리 치열한 경쟁사회라지만 인문학의 용도폐기는 슬픈 현상이 아닐 수 없다. 경쟁만이 촘촘히 남고 휴머니티는 완전히 증발해버린 느낌이다.

수우미양가. 행복은 성적순임을 초등학교 때부터 긱인해온 세대가 우리 베이비부머다. 우리나라 초등 교육은 아이들에게 차별을 각인시키는 데 의미를 두었다. 물론 바람직하지 못 하다는 것을 뒤늦게 깨달았다. 수우미양가는 언제부턴가 다수의 힘으로 명분을 잃었고, 마침내 폐지되었다.

그러나 눈에 보이지 않을 뿐, 수우미양가는 지금도 명백히 존재한다. 행복이 성적순임을 부모보다 학생들이 더 잘 안다. 지금은 학교 바깥에 경기장을 두었다. 더 많은 사교육비를 투자할 수 없어서 부모들은 학원 주위에서 안달한다. 사교육에도 차별이 있어서 자녀들은 차별화된 과외를 받아야 한다. 지금은 학교가 아니라 학원에서 수우미양가를 매기고 있다. 대부분이 고학력인 강남의 부자들이 고액과외를 통해 학력을 세습시킨다는 소문이다. 유행어인 금수저와 흙수저는 이런 세태를 비유한다. 세태가 이러하니 인도의 불문율인 카스트에 버금가지 않는가.

대입 준비생의 학력이 1970년대에 비해 현격히 떨어진다고 한다. 부모들만 극성이지 아이들은 공부의 지겨움에 치를 떠는 모양이다. 공부는 하는 게 아니라 시키는 것이라며, 오늘도 대치동으로 가기 위해 시동을 거는 이 땅의 상류층 아줌마 아저씨들. 그들의 차가 대치동으로 직진하면 좋으련만 혹시 바다 건너 인도로 우회하지나 않을지 걱정스럽다.

일제의 식민지가 남긴 적산가옥.
대개 이런 집에는 권력자가 살았다.
오로지 수탈을 목적으로 동네에 거주한 일본인이거나
일제에 부역한 한국인이 그들.
-누하동 적산가옥

식구들이 없는 빈집에 홀로 남아 식모는 종일
도화지만한 하늘을 바라보곤 했다.
-안국동 골목집

식모의 꿈

밥을 굶지 않고 사는 집안이면 마땅히 식모를 둬야 하는 줄로 알던 시절이 있었다. 1960년대 식모의 평균 임금은 500원에서 600원, 소고기 한 근이 129원이던 시절이었다. 식모라고 부르는 여성이 서울에만 5만이 넘었단다.

식모란 고된 노동에 시달리는 직업이었다. 주인 식구보다 일찍 일어나고 늦게 잠들어야 했으므로, 새벽 네다섯 시에 일어나 자정이 가까워야 잠자리에 들었다. 외출과 외박은 거의 허락되지 않았다. 주인은 노동에 게으른 식모에게 욕설과 폭행을 일삼았다. 식모살이가 너무 힘들어 자살하는 일도 생겼다. 때로 식모가 주인을 반격하기도 했으니 절도와 유괴였다.

식모란 이름은 시대에 따라 가정부, 파출부로 바뀌었는데, 그 근본은 근로 여성의 빈자리를 메워주는 역할이었다. 그렇다면 식모는 일하는 여성이 아니었나? 급격한 산업화와 더불어 여성이 사무실과 공장 노동자로 투입되자 가사와 육아만을 전적으로 책임지는 식모가 필요했다. 결혼한 여성에게 부과되는 신성하고도 외면할 수 없는 의무를 식모가 대신 짊어진 것이었다. 그렇지만 물신주의가 횡행하는 시대에서 식모의 주부 대역은 단지 숨은 노동에 불과했다.

식모란 그렇듯 그늘 속의 운명이었다. 식모는 해종일 집안에만 틀어박혀 지붕 사이로 보이는 도화지만한 크기의 하늘을 올려다보는 여자였다. 외부인사와의 접촉은 극히 제한적이었다. 세탁소 총각의 윙크는 그래도 격조 높은 유혹이었다. 집수리하러 온 목수의 허튼수작에도, 비록 혀를 빼물어 새침한 척하지만 돌아서면서 콩닥콩닥 뛰는 가슴을 어루만지는 여자가 식모였다. 그 당시 식모의 가장 많은 연인이 연탄배달원이었다는 조사가 이를 암시한다.

하지만 식모에게도 꿈이 있었으니, 기술을 배워 미싱사나 미용사가 되는 것이었다. 툇마루에 초를 발라 광을 내면서도, 주인집 식구들이 먹다 남은 밥과 반찬을 플라스틱 바가지에 비벼 먹으면서도, 걸레를 빨아 볕 바른 양지에 널면서도, 부엌과 화장실을 오가느라 수없이 신발을 꼈다 뺐다 하면서도 식모의 꿈은 한결같았으니, 희망만이 힘겨운 식모살이를 견디는 힘이었다. 물론 돼지꿈을 꾼 뒤에 반드시 주택복권을 사는 것도 식모의 희망이었다.

어렸을 때 내가 살던 돈암동 집에도 식모가 있었다. 식모 누나의 얼굴이 몇 번인가 바뀌었던 거 같다. 그 가운데 내 아버지의 갑작스러운 별세 뒤에 깃들어온 식모 누나가 가장 기억에 남는다. 가게에 나가신 어머니를 대신해 식모 누나는 내게는 더없이 가까운 말벗이었으니, 나는 안다. 내 부모 부재의 결핍을 메워 준 은인은 식구 아닌 식구로 내 곁을 지켜준 식모 누나였다. 나는 또 안다. 식모 누나가 일찌감치 내게 보여준 희망을 대신할 그 어떤 굳센 희망도 나이 육십인 지금껏 발견한 적이 없다는 것을.

본디 고독한 아이였던 나는 지금도 고독한 어른이다. 수고하고 짐 진 자로 살아가야 하는 글쓰기도 어쩌면 생이 닳도록 지워지지 않을 내 고독의 무게 때문인지 모른다. 지금도 내겐 식모가 필요하다. 그리하여 내게 식모가 다가오고, 내 초로의 삶이 희망을 놓지 않는다면, 식모가 필요한 다른 사람들에게 희망을 나눠줄 수도 있지 않을까.

-청파동 적산가옥

시다의 꿈

아들딸, 두 아이를 데리고 아우슈비츠로 끌려가던 소피는 가까이 다가온 나치 장교에게 뭔가 착오가 생겼다고 말한다. 자신을 유대인으로 오해하고 있다면서 빼내 줄 것을 호소했던 것이다. 나치 장교는 고개를 저었으나 소피의 금발 머리가 유대인의 그것과는 다르다고 생각해서 선심 쓰듯 말한다. 두 아이 중 한 명은 가스실로 보내야 해. 하나만을 선택하라.

소피는 선택할 수 없다면서 애원한다. 나치 장교는 두 아이 모두 데려가겠다며 윽박지른다. 결국, 소피는 아들을 선택한다. 아우슈비츠로 끌려가는 딸을 뒤에서 바라보면서 소피는 오열한다.

오래전에 보았던 영화 '소피의 선택'이 아직도 내 기억에 선연하다. 아들딸, 두 아이 가운데 소피가 살리려고 선택한 건 아들이었다. 왜 하필 아들이지? 그 당시 나는 이런 의문을 품지도, 이의를 제기하지도 않았다. 아들 선택, 아들 선호는 동서양을 막론하고 부모로서 당연한 입장이라고만 생각했을 뿐이다. 딸을 낳으면 살림 밑천이라고 했지만, 그 말 뒤에 숨은 뜻을 모르는 사람은 별로 없었다. 아들을 낳지 못한 산모를 위로하는 말로 쓰였던 것이다.

남녀평등을 넘어 모계사회로 가고 있다는 지금은 어떠할까. 남녀가 결혼해도 자식을 하나만 낳고 심지어는 결혼을 기피하는 풍조이니 소피의 선택이 까마득한 이야기로 들릴지도 모른다.

소피의 선택은 1982년 영화다. 불과 35년 전만해도 남녀가 유별했다는 사실에 놀라지 않을 수 없다. 오랫동안 딸은 아들 선택의 반대쪽에서 희생을 감수해왔다. 딸을 낳은 며느리에게 노골적으로 불만을 표시하는 시어머니가 어디 한둘이던가. 남편도 시어머니 못잖게 아내를 구박했던 게 그리 옛날도 아닌 나 어렸을 때였다.

딸만 셋을 낳은 며느리가 이웃집에 살았다. 낮은 담장 너머에서 고부간, 혹은 부부간, 혹은 그 삼자간 싸움이 날이면 날마다, 밤이면 밤마다 벌어졌는데, 시어머니와 남편이 퍼붓는 욕설은 언제나 득남하지 못한 여자에 대한 멸시였다. 아들도 못 낳는 년이 어딜 대들어. 서울이 이러했을진대 시골은 오죽했으랴. 지금도 그렇지만 그때에도 교육열 하나만큼은 도농의 구별이 없었다. 나락을 주워먹는 궁핍한 살림일망정 자식을 공부시켜 출셋길을 열어줘야 한다는 열망으로 가득했다. 자식, 그 가운데서도 아들을 공부시켜야 했다. 딸에게도 동등한 기회를 주기엔 대부분 힘겨웠다. 형편이 어려운 부모는 냉정하게 선택해야 했고, 그 결론은 아들만 공부시키는 거였다.

딸에 대한 편견이 심할 때였다. 아들딸 구별 없이 공부시킬 수 있는 집안이라 해도, 시집가면 그만인데 공부는 해서 뭐해. 집안에 도움이 안 되는 존재로 딸의 미래에 빗장을 지르는 부모도 적지 않았다.

부모의 선택은 딸의 운명에 그림자를 드리우며 평생을 따라다녔다. 없는 집의 배운 것 없는 딸은 자기 입 하나 더는 것이 오빠나 동생의 밥을 지탱해주는 유일한 대안이라고 자각하기에 이르렀다. 능력 없는 부모를 대신해서 돈벌이에 나서는 딸도 있었다. 섬유공장이 물밀듯이 농촌까지 번져 내려오는 시대였다. 공장에 시다로 취직해서 오빠 동생 공부시켜야지. 자신에게 드리운 운명을 순순히 받아들인다면야 공순이 이상 가는 직업이 없었다.

세상이 변하니까 운명도 변하였다. 해마다 공무원 시험에 여성들의 합격률이 더 높다고 한다. 우리 시대의 딸들은 자신을 희생하여 오빠 동생을 공부시킨 그 옛날 공순이의 운명을 어리석다고 여기겠지만, 아니 그에 앞서 딸을 공순이로 만든 부모의 선택을 페미니즘의 이름으로 통렬하게 비판하겠지만, 언젠가 한 번쯤은 그들도 선택해야 할 날이 올 것이다. 왜냐, 오늘은 내일의 과거이기 때문이다. 꼭 아들 선택이 아니라도 비정한 선택을 강요받고서 입술을 깨물어 소중히 여겼던 것을 희생시켜야 할 때가 생길 것이며, 남을 위한 자기희생을 운명으로 여겨 고단한 삶을 살아야 할 때도 생길 것이다. 유감스럽게도 우리 인간은 완전했던 적이 한 번도 없었다. 세상에 꼭 맞는 옷은 아직 완성되지 못했고, 그런 옷을 완성시킬 숙련공은 앞으로도 없을 것이다. 어쩌면 우리 모두는 영원토록 시다로 살아야 할는지 모른다.

장녹수 뒤에 가발공장 있다

공장이라는 집단 생산지를 나는 가발공장을 통해 처음 알았다. 그 전까지는 썰매를 고치러 가서 본 대장간이 고작이다. 농업이 생산의 근간일 때는 여러 대장장이가 쇠를 달구고 두드렸겠지만, 불꽃한 조각 내비치지 않는 화덕을 버려둔 채 대장간 주인인 털보아저씨는 안채에 들어앉아 있기 일쑤였다. 좌판과 벽에 낫과 쟁기, 호미 등속이 걸려 있었던 것 같은데 무엇에 쓰는 물건인지 당시로선 알 수 없었다. 대량생산을 위해 기계를 설치하고 많은 노동력이 투입되는 공장(工場)과 달리 대장간은 공장(工匠), 공방에 가까웠다.

가발공장이 있던 자리는 성신여고 교문을 지나 개운산으로 오르는 입구였다. 공장 뒤에 폭포가 있었는데, 장마철에는 사나운 물소리를 냈다. 한 번은 죽은 아이가 떠내려 와선 폭포 아래로 뚝 떨어졌다. 개운산에서 흘러내리는 개천은 폭포를 지나 복개천을 만나면서 땅속으로 숨어버리는데, 가발공장은 바로 그 복개천이 시작되는 지점에 있었다. 그 무렵 나는 가발공장에 출입할 까닭이 없는 단순한 꼬마였기 때문에 공장 내부를 자세히 볼 수 없었다. 공장 문이 종종 열리곤 했는데, 재봉틀이 얼핏 보이고 기다란 탁자 위에 머리카락인지 실인지 모를 뭉치들을 올려놓고 여공들이 나란히 앉아 있었다.

내가 이 글을 쓰게 된 이유는 두 가지다. 하나는 이준익 감독의 영화 '왕의 남자'에 등장하는 장녹수의 가체머리 때문이고, 나머지 하나는 우리나라의 산업화 과정, 산업화가 진행하는 방향으로 어울려 가는 돈암동의 일상사를 되새기려는 까닭이다.

조선 시대에는 가체머리, 남의 머리를 자기 머리에 덧대어 풍성하게 외관을 장식한 가발이 유행했다. 가체머리는 가발(다리머리)을 여러 다래(丹) 덧대어 올린 커다란 머리이다. 가체에 보석으로 꾸민 떨잠을 군데군데 박아 화려함을 더했을진대, 그 유장함으로는 권력의 상층부인 궁궐 안이 단연 으뜸이었으리라.

'연산일기'에는 당대 여인들이 머리를 한껏 높여 치장하는 풍조를 우려하는 상소문이 종종 등장한다. "궁성 안에서 높은 머리를 좋아하니, 사방에서도 머리를 한 자나 높게 하고……,"라고 형조 정랑이 아뢰었으니, 이것은 윗물이 맑아야 아랫물도 맑다는 뜻이다. 가체머리를 모양새 있게 꾸미려면 소 한 마리 값이 들어갔다고

가발공장이 있던 자리.
개천을 시멘트로 덮었으나, 공중전화 박스가 있는 곳에서
물소리가 들려오는 것 같았다.
-동선동 골목길

하니, 머리를 치장하는 사치가 극에 달했던 모양이다. 인조 16년(1638년) 장렬왕후의 혼례식에는 68단의 체발을 틀어 올려 위용을 높였다고 한다. 기록에 따르면 가체머리의 무게에 눌려 사대부 출신 어린 신부의 목이 부러지는 사건이 생기기도 했단다. 영조 20년(1744년)에 이르러서야 몸을 가눌 수 있을 정도로 그 단수가 낮아졌다. 그러니까 백 년 넘게 목이 부러질 위험을 머리에 이고 아름다움을 위해 여인들이 사투를 벌인 셈이다. 요즘으로 치면 겨드랑이 파서 살가죽을 뒤집어 실리콘을 넣는 유방확장수술에 버금간다고 할까.

조선시대나 지금이나 여성의 사치스런 아름다움 뒤에는 눈물겨운 사연이 드리워진다. 요즘처럼 가발 만드는 기술이 발달했을 리 없으므로, 조선의 가발은 사람의 생머리로만 가능했을 게 분명하다. '신체발부 수지부모(身體髮膚受之父母)'라는 말을 신앙으로 여겼던 시절인 만큼, 신체의 일부인 머리카락을 잘라 파는 행위는 급전이 필요한 사람들조차 최후의 순간까지 꺼렸을 것이다.

한때 수출만이 살길이라고 외친 시절이 있었고, 가발은 오래도록 수출 품목의 상위를 점했다. 돈암동에서 보낸 나의 어린 시절과 맞물린 때였다. 복개천에 있던 가발공장은 해 뜨는 개운산 반대 자락에 기대 있었기에 부근에서 가장 어두웠으리라. 담장은 페인트칠도 안 한 브록담이고, 공장을 드나드는 여공들은 공장 굴뚝에서 피어오르는 검은 연기 같은 얼굴이지 않았을까. 궁궐의 장녹수나 장

안의 사대부에게 바칠 가발을 생산했을 리 없지만, 그녀들은 빚에 쪼들려 머리카락을 잘라 팔았던 조선시대 여인처럼 가난한 얼굴이었을 것이다. 수출만이 살길인 세상이기에 낯도 모르는 외국 여자를 위해 가발을 꿰매고 접착제를 붙였으리라.

  이쯤에서, 아니 훨씬 전부터 독자들은 이토록 시시콜콜한 기억을 떠올려, 고원영이란 작자가 지리멸렬하게 쓰는 이유가 궁금할지 모른다. 내 생각은 이렇다. 돈암동 가발공장을 내가 본 건 필연과 종이 한 장 차이로 맞닿은 우연이다. 우연에 국한한다면 장녹수의 화려찬란한 가체머리에만 한눈팔겠지만, 본디 빛나는 것일수록 그 그림자가 짙지 않은가. 내게 있어 필연 아닌 것은 없다.

어떤 향기는 이미 맡아본 냄새 같다.
어떤 거리에서는 누군가 등 뒤에서
내 어깨를 치리란 느낌에 발걸음이 조심스러워진다.
어떤 골목에 들어서니 옛날에 들었던 발소리가 들린다.
어떤 창문은 지난날 오랫동안 누군가를 기다렸던 장소 아닐까.
이 모든 기시감에도 불구하고 내게 남은 건
그림자와도 같은 삶이었다고, 내게 고독한 이유를
묻는 사람에게 말해주고 싶다.

집들은 서로 붙어 있고, 마주보고 있다.
집들의 구조 때문에 동네 사람들은 서로 간여하지 않을 수 없다.
서로를 간섭하는 동시에, 서로를 이해한다.
-보문동 골목

그 많던 타일집은 어디로 갔을까

"그 타이루 집에서 얼마쯤 더 가면⋯⋯."

한때 길을 물으면 타일이 붙은 건물이 좌표였다. 동네마다 번쩍이는 위용을 자랑하듯 이삼층 타일 집이 한둘은 있었으며, 외벽 일부와 대문 기둥만을 타일로 장식한 한옥과 국민주택도 가끔 눈에 띄었다. 동네 목욕탕은 약속이라도 한 듯 그 넓은 건물 외벽에 모자이크 타일을 촘촘히 붙였다. 그래야 목욕탕 안이 청결하리라고 믿은 것도 사실이다.

타일을 붙이기 전 시멘트를 먼저 벽에 바르고, 그 위에 색종이를 입히듯 한 조각 한 조각 타일을 부착했다. 타일들은, 타일을 붙이지 않은 공간과 확고히 자신들을 구분하라면서 번들거렸다. 구경꾼인 나로선 그 과정이 마냥 신기했고, 사다리를 놓고 건물 꼭대기에서 작업하는 모습에 오금이 저렸다. 타일공들은 사다리가 휘청거

해 뜨는 아침이면 타일도, 유리창도 빛났다.
−북아현동 골목길

릴 때도 그다지 동요하는 낯빛이 아니었다. 이담에 크면 타일공이
돼야지. 타일을 쇠손으로 톡톡톡 치는 소리부터 뭔가 범상치 않았
다. 타일공을 부러워한 나는 학교에서 받아온 설문지에 장래 희망
을 건축가로 부풀려 제출했다.

　그 많던 타일은 어디로 갔을까.

　지금은 안타깝게도 집안으로 잠적했다. 목욕탕에 꼭꼭 숨어버렸
으며, 어느 식당이나 카페에서 언뜻언뜻 보이기도 한다. 시끄러운
홀 너머 주방에 가까스로 붙어 있고, 어느 땐 나도 모르게 타일이
깔린 바닥을 밟고 서 있다.

　초등학교 때였다. 어딘가에서 타일 한 장을 몰래 주워서 가방 속

에 깊숙이 넣어두었던 거 같다. 또렷하지는 않지만 희미하지도 않은 기억의 한 조각이다. 탐이 날 정도로 반짝이는 그것이 사라진 건 꽤 오래전이었다. 내가 보물처럼 여겨 나만의 금고에 오래도록 보관했을 만화경, 수정 구슬, 이층 필통 따위와 더불어 언제 사라졌는지 모르게 종적을 감추었다. 실종 이유는 더 이상 보관할 가치를 느끼지 못해서겠지.

타일로 외벽을 장식한 건물들은 여전히 잘 보이지 않는다. 사람들이 타일로 퍼즐을 맞추는 일에 흥미를 잃어버린 것도 아니고, 점묘화에 몰두했던 타일공이 세상을 떠나버린 것도 아니다. 건설회사 사장인 친구에게 그 까닭을 물었더니, 의외로 대답이 간단하다.

"타일 조각이 머리 위로 떨어지기라도 해봐. 얼마나 위험하겠나?"

전차

돈암동엔 전차종점이 있었다. 내가 기억하기엔 우체국과 담장 하나를 사이에 두고 있었던 거 같다. 두터운 시멘트벽에 비해 유난히 창문이 작은 건물이었고, 박공지붕에는 비둘기들이 드나들었다. 출퇴근하는 전차 직원들은 늘 과묵한 표정이었고, '벤또'라 부른 도시락을 보자기에 싸서 옆구리에 끼고 다녔다.

차도 한가운데를 전차 선로가 지났다. 편종 소리 비슷한 신호가 들리면 공중을 가로지른 전깃줄에 선을 댄 전차가 선로를 따라 움직였다.

어느 하굣길에 나는 땅에 떨어진 진차표를 주웠다. 차비가 없어서 걸어 다니는 사람들이 유난히도 많을 때였다. 동네 아이들이 입밖에 내는 소망의 하나는 전차를 타고 가서 창경원이나 중앙청을 구경하는 일이었다. 내가 주운 전차표는 한 달이나 보름을 사용할 수 있는 정기권이었다. 전차표를 종점에 돌려주어야 할지 종일 망설였고, 잠이 오지 않아 늦도록 이불 속에서 부시럭거렸다.

그 이튿날 나는 종점에 가는 대신 전차에 올랐다. 점심시간이 지나서였다. 전차를 타고 무작정 서울 시내를 돌 작정이었다. 전차 승무원에게 전차표를 태연히 보여 주었지만 손가락이 마른 나뭇잎처럼 오그라들었다. 승무원에게서 몸을 돌려 빈 좌석 쪽으로 걸어 나가는데 다리가 휘청거렸다. 승무원의 손이 억세게 내 뒷덜미를 낚아챌 거 같았다.

차창 곁에 앉은 나는 두근거림이 가라앉을 때까지 짐짓 바깥 풍경을 바라보았다. 그렇지만 전차가 선로 이음새를 지날 때마다 텅텅 흔들려 쉽사리 진정되지 않았다. 가로수가 바람에 흔들리며 햇빛을 털어내고 있었다. 이삿짐을 가득 실은 채 찻길에서 쩔쩔매는 리어카만 아니라면 휴일의 거리는 더 밝아 보였을 것이다. 전차는 원남동을 지나며 창경원 돌담길을 따라 걷는, 풍선을 든 아이들을 보여주었다. 종로로 접어들자 결혼식을 마친 사람들이 거리로 쏟아져 나왔다. 단연 흰옷을 입은 신부가 눈에 띄었는데, 전차가 굽은 길을 돌아가느라 아쉽게도 시야에서 사라졌다. 듣던 대로 종로에는 사람이 많았고, 전차는 비로소 임무를 깨달은 듯 활발히 움직였다. 땡땡땡, 종소리와 함께 움직이다가 끼익, 전차바퀴와 선로가 마찰하는 소리를 내며 멈춰서기를 반복했다. 맞은편에 앉은 푸르스름한 양복 차림의 어른이 아까부터 나를 쳐다보는 기색이었다.

돈암동엔 전차종점이 있었다.
내가 기억하기엔 우체국과 담장 하나를 사이에 두고 있었다.
출퇴근하는 전차 회사 직원들은 늘 과묵한 표정이었고,
'변또'라 부른 도시락을 보자기에 싸서 옆구리에 끼고 다녔다.

너 몇 살이지? 어디로 가니? 그가 눈길로 묻고 있었으므로 나는 죄라도 지은 양 얼굴을 돌려야 했다.

어느 역에선가 사람들이 우르르 내려 전차 안이 금세 텅 비어버리다시피 했다. 나는 허겁지겁 사람들을 따라 전차에서 내렸다. 시청일까? 남대문일까? 어느 역에서 내렸는지 알 수 없었다. 승강장을 빠져나온 사람들은 각자의 방향으로 걸어갔고, 나는 전차 안에서 나를 뚫어지게 바라본 사람과 반대 방향으로 걸었다. 나는 아무에게도 길을 묻지 않고 걸어가기로 했다. 집을 나설 때부터 나를 사로잡은 조금은 탐닉적인 호기심에 붙들려갔다. 어쩌면 길을 잃은 느낌을 즐기고 싶었는지도 모른다. 아무리 생각해도 그때 내가 어디로 갔는지 기억나지 않는다. 큰길이건 골목길이건 사람들로 가득했다. 야채를 파는 행상과 커다란 상점 유리창을 닦는 점원, 자전거 위에서 길을 비켜달라고 소리치는 사람이 환영처럼 떠오르는 거리를 나는 정처 없이 걸었다. 가게에 들러 식빵을 사서는 어느 여인숙 곁으로 난 계단에 앉아서 먹었다. 눈으로는 높다란 건물들로 빼곡한 번화가를 멍하니 내려다보았다.

그 외출에서 비교적 선명하게 남아 있는 기억은 고래고기였다. 나는 고래를 동화책 삽화로만 보았다. 고래를 좌판에 내놓고 파는 아저씨도 동화책에 등장하는 포경선원을 닮아 우락부락했다. 나는 그의 팔에 손대신 갈고리가 달렸는지 살폈으나 누추한 소매에 반쯤 덮인 손은 지극히 정상이었다. 좌판 위의 고래고기는 물론 집채

만한 고래의 극히 일부였다. 놀랍게도 눈으로 보기에도 육고기에 가까울 정도로 생선과는 다른 질감이었다. 벌써 몇 사람은 좌판 곁에 쪼그리고 앉아 술안주로 고래고기를 입에 넣고 질겅거리고 있었다.

나는 걷고 또 걸었고, 가도 가도 길은 끝나지 않았다. 세상에는 길이 너무도 많구나. 자칫 한눈이라도 팔면 미로 속에 영원히 갇혀버릴지도 몰라. 뜻 모를 공포감이 엄습했지만 이상스레 발을 멈출 수 없었다. 어느 골목길에선가 집으로 돌아가야 한다고 생각했지만 되돌아 나오는 길을 잃어버렸다. 끊긴 길, 막다른 골목을 몇 차례 만났지만, 나는 누구에게도 길을 묻지 않고 고집스레 전차 승강장을 찾아서 왔다. 그때서야 나는 알아챘다. 호주머니에 들어 있으리라 생각한 전차표가 없어진 것을. 승강장과 건널목, 내가 돌아다닌 모든 길들을 뒤졌으나 허사였다. 다시 승강장으로 돌아온 나는 가로등 아래 우두커니 서 있었고, 그러다 날이 어두워졌다. 가로등 불빛이 들어왔지만 나는 이 도시에서 버림받은 느낌이었고, 어쩌면 가족으로부터도 버림받았을지 모른다고 생각했다. 아무도 나를 찾아오지 않았고, 그럴 가능성도 없었다. 하긴 전차표를 돌려주지 않았으니 나쁜 짓을 한 셈이지. 이렇게 죗값을 치루는 거구나. 나는 고개를 푹 수그렸다.

"너 몇 살이지? 어디로 가니?"

승무원이 내게 다가와 물었다. 그제야 나는 참았던 눈물을 터뜨렸다.

집에 돌아와 거울을 보니 얼굴이 퉁퉁 부어 있었다. 식구들은 텔레비전을 보느라 내게는 아무런 관심이 없었다. 다행히도 어머니는 늦도록 가게에서 돌아오지 않으셨다. 나는 어머니에게 얼굴을 보이지 않으려고 일찌감치 이불을 뒤집어쓰고 잤다.

이웃집 형에 대한 나쁜 소문이 들렸다. 대학을 떨어진 형은 종일 전차만 타고 다닌다고 했다.

그 당시 아이들 사이에는 이상한 속설이 떠돌았다. 전차가 지날 때 대못을 선로 위에 두면 자석으로 변한다는 것이었다. 정말일까. 나와 아이들은 곧 실험에 착수했으나 실망스럽게도 납작해진 대못에는 아무런 자력이 없었다. 용도가 전혀 없지는 않았다. 썰매를 지치는 막대 끝에 납작못을 달아 씽씽 속도를 붙여 빙판 위를 달렸다.

잠자리는 언제 사라지는지 모르게 가을 하늘에서 사라진다. 돈암동 전차도 그랬다. 언제부턴가 차도에 전차가 보이지 않았고, 그 자리에 20번 아륙교통 같은 버스들이 물 흐르듯 태연히 지나다녔다.

분유 깡통

세상을 바꾼 발명품의 하나로 분유를 꼽는다. 얼마 전 나는 '죽기 전에 꼭 알아야 할 세상을 바꾼 발명품 1001'이라는, 요란한 제목의 책을 교보문고에서 보았다. 죽음과 발명품을 한 줄에 꿴 제목이 비장하면서도 우스꽝스러웠다. 안간힘을 다해 판매부수를 늘리려는 의도인 걸 한때 출판사에서 근무한 나는 안다. 책을 펼치자 1001가지 품목 가운데 분유가 들어 있다.

나는 분유를 먹은 기억이 없다. 하기야 분유를 먹을 때인 유아기를 기억한다면 저 독일 작가 귄터 그라스가 쓴 양철북의 주인공 오스카르에 버금가는 신통력이겠지. 오스카르는 태어나자마자 천장에서 긴 줄에 매달려 내려온 60W짜리 오스람 전구를 보았다고 했다.

1950년대 끝 무렵에 태어나 유아기를 보낸 사람으로서 분유를

먹었다면 틀림없이 부잣집 아이다. 미국에서 공급하는 구호물자를 남들보다 먼저 취득할 수 있었던 일부 특권층만이 분유란 걸 알았다고 한다. 그도 그럴 것이, 그 당시 낙농으로 소를 기르지 않는 우리나라에서 우유를 말려 가루로 만든 분유를 알 리 없었다.

분유가 발명품인 까닭은, 직장 여성이 모유 대용으로 분유를 유아에게 먹일 수 있었기 때문이다. 모유가 부족하거나 엄마 몸이 허약해서 어쩔 수 없이 분유를 먹이기도 했다. 통계를 보니 우리나라 아기의 절반 이상이 분유를 먹은 적도 있었다. 그렇듯 많은 엄마가 분유로 수유했지만, 모유야말로 아기에게 줄 수 있는 최고의 선물이란 걸 몰랐을 리 없다.

나는 분유를 먹지 않고 자란 걸 다행스레 여긴다. 분유가 모유보다 못하다는 건 의학적으로도 여러 번 증명된 사실이다. 가난은 자랑스럽지 않은 유산이지만 분유만은 예외인 셈이다.

분유를 다 먹고도 깡통을 버리지 않고 장롱 위나 선반 위에 고이 모시곤 했다. 거실 진열장에 양주병을 모셔 놓듯 분유 먹은 걸 자랑으로 여겼던 시절이 있었던 것이다. 깡통에 붙은, 통통하게 살 오른 아이의 사진 곁에 신생아를 재우면 잘 먹고 잘 자란 분유 깡통의 아이를 닮는다는, 믿거나 말거나 한 속설이 내 유년기에 떠돌았다.

외할머니와 옥수수

내가 살던 집은 미아리 고개와 나란히 뻗은 주택가다. 옛날 이곳은 방 네댓 칸짜리 한옥이 많았고, 정원을 거느린 대저택도 두세 채 있었다. 나는 마당에 꽃밭이 있고 펌프대가 있는 한옥에 살았는데, 지금 그 자리를 연립주택이 차지해버렸다.

나는 지금도 내가 살던 집이 있던 돈암동 골목길을 찾는다. 아무것도, 아무도 남아 있지 않지만 나는 이상스레 그 부재(不在)를 즐긴다.

개운산에서 흘러오는 개천을 시멘트로 덮은 이 길에서 아이들은 공을 찼고, 장마가 끝난 뒤 소독차가 내뿜는 하얀 연기 속을 달렸고, 추석 때면 학교 앞 구멍가게에서 폭음탄을 사다 이 집 저 집 화장실에 투척하는 장난을 쳤다. 이발사와 엿장수, 뻥튀기 장수, 번데기 장수, 찹쌀떡 장수, 두부 장수, 칼갈이 장수, 굴뚝소제부가 들락거렸고 문희와 김지미가 촬영하러 온, 어느 특별한 날도 있었다. 겨울이 오면 집집의 대문 곁에 높다랗게 쌓아올린 연탄이나 김장배추를 볼 수 있었다. 물론 당당하게 겨울을 맞이할 채비를 갖추었음을 입증하는 표시였다.

외할머니는 옥수수를 한 가득 머리에 이고 미아리 고개를 내려오시곤 했다. 이문동에서 돈암동까지의 그 먼 거리도 마다하지 않고 걸어오셨다. 머리에 인 옥수수가 무거워 석관동 떡전거리와 홍릉 사거리, 종암동 천변의 느티나무 아래 소쿠리를 내려놓고 잠시 쉬시기도 했을 것이다. 애초 김이 모락모락 피어올랐을 옥수수는 그

외할머니는 옥수수가 든 광주리를 이고 미아리 고개를 내려오셨다.

사이 미지근해진다. 옥수수, 외할머니가 소쿠리를 덮은 무명천을 걷어내면 노란 알갱이들이 촘촘하고도 가지런히 박혀 참 눈부시게도 빛났지. 잠시 후면 내 이빨에 무너져버릴 저 애틋한 질서들!

외할머니는 막내인 내게 옥수수를 하나라도 더 먹이려 했다. 그뿐 아니라 밥을 내 밥그릇에 덜어 한 술이라도 내가 더 먹기를 바라곤 하셨는데, 철없는 내가 어느 날엔가 몸을 흔들어 짜증을 표시했다. 아니 왜 억지로 먹이려고 하세요. 곁에 있던 어머니가 내 편을 들자 외할머니는 당황한 표정을 지었다. 딸에게서 핀잔을 들은 외할머니는 밥상에서 물러나 아무리 어머니가 사과해도 얼굴을 펴지 않았다. 외할머니 얼굴이 내게는 마치 옥수수를 감싼 잎사귀처럼 보였다. 그러나 워낙 천성이 낙천적인지라 구봉서가 나오는 텔레비전을 보고는 금세 깔깔거리고 웃으셨다.

가정사가 원만히 풀리지 않아 답답한 적이 있었다. 그때 문득 생각나는 여자가 있었다. 신이 내려 집을 가출했다는 여자가 내게 건넨 전화번호 눌렀다. 그리고는 별로 친하지도 않은 그녀에게 내 속사정을 쏟아냈다. 이야기를 찬찬히 다 듣고는 여자가 말했다.

"앞뒤, 사방이 꽉 막혔다네요. 할아버지가 내게 전하시는 말씀이 그래요."

그 말은, 내가 이미 쏟아냈으므로 별다른 의미로 받아들여지지 않았다. 잠시 머뭇거리더니 여자가 다시 이었다.

"돌아가신 분 가운데서 가장 사랑받았던 분이 누구죠?"

"글쎄요……."

"그분한테 잘 되게 해달라고 기도하시래요."

전화를 끊고 그분이 누구인지 잠시 생각했다. 나지, 누구겠니. 외할머니가 웃으며 나타난다.

거리를 지나다 정거장 가판대에 내놓은 옥수수를 가끔 본다. 외할머니가 떠올라 그 앞에 멈춰 선다. 힘내라. 사는 게 다 그렇고 그렇지 뭐. 잘 될 거야. 외할머니가 환하게 웃으신다.

옥수수빵의 행방을 묻는다

찬두, 너는 들었느냐. 낙엽 구르는 소리가 아니라 옥수수빵 혓바
닥 위에서 녹는 소리를. 네 말짝시나 춥고 배고픈 시절 옥수수빵
은 점심밥 대용식이었고, 네 말짝시나 춥고 배고픈 살림이라서 점
심 도시락을 싸 오지 못하는 애들이 먹었어야 마땅하거늘, 어찌하
여 내 기억으로는 좀 있어 보이는 급우의 간식거리로 차례가 돌아
가더란 말이냐. 배급과정에서 발생하는 착오는 판잣집에 살던 개
미가 고층아파트로 이사 오듯 그때나 지금이나 마찬가지란 말이
냐. 그렇다면 산동네 비둘기집에 살았다는 찬두야, 옥수수빵 한
조각이 간절하던 그 시절 비둘기들은 뭘 먹고 살았는지 정말로 궁
금하구나. 궁금한 게 많아서 먹고 싶은 게 많았던 나도 옥수수빵
을 별로 먹어본 기억이 없는데, 네 말짝시나 춥고 배고픈 시절 배
터져라 먹고 싶었던 옥수수 빵을 찬두야, 언제든 냉수 한 사발 떠

놓고 배 터지게 먹어보자꾸나.

지금은 소식 없는 박찬두라는 초등학교 친구들 만나 한동안 가까이 지냈다. 그는 미아리 산동네에 빼곡히 운집한 판잣집에 살았는데, 거기 사는 사람들이 자조적으로 '비둘기집'이라 불렀다고 했다. 박찬두의 이야기를 듣고 짓궂게도 나는 구르몽의 번역시 '낙엽'을 흉내 내서 인터넷 동창 카페에 올린 적 있었다.

우리에게 불공평의 역사를 처음 가르쳐준 인물은 다름 아닌 초등학교 선생님들이었다. 옥수수빵. 당연히 춥고 가난한 아이에게 돌아가야 할 급식을 비싼 옷과 가방, 이층필통을 소유한 일부가 꼬박 타갔지만 우리는 입을 다물기만 했다. 그 불공평에 침묵하면서 우리는 부자가 되려고 갖은 애를 썼다. 있는 집이야 별 문제 없었지만, 없는 집 아이가 성공하는 방식은 죽자사자 공부에 매달리는 수밖에 없었다. 대부분 실패했지만 요행히 성공해서 충분히 먹고살 만한데도 그들은 늘 성공에 대한 갈망으로 목말랐다. 어린 시절 목격한 불공평을 저버리지 못해 남의 옥수수빵까지 탐냈고, 초등학교 선생님만 그 자리에 없을 뿐 여전히 이 사회는 탐심이 통하는 시스템이다.

왜 이럴까. 한때 나는 대물림에 가까운 이런 탐심을 선과 악의 이분법으로 생각했다. 당연히 전달자인 선생님도 악의 축으로 여겼으나 어느 때부턴가 그들도 피해자란 사실을 알았다. 그들은 일제의 식민교육을 받았다. 교육의 부당함에 항거했더라면 교육자가

될 수도 없었을 것이다. 침묵하는 학생들이자 예비 교육자들에게 일제는 불공평의 정당성을 깊이 심어놓았다. 물론 그 최대 수혜자는 일본이었다. 그리고 나라 잃은 백성에겐 일상생활 자체가 불공평이었다.

문제는 해방을 맞이하고도 남은 일제의 잔재였다. 일본인은 물러났지만 일본에 부역한 자들, 어떤 면에서 이용당한 피해자들은 그 자리에 그대로 남아 있었다. 게다가 6.25전쟁이 발발하자 일제 때보다 훨씬 먹고살기 힘들어졌다. 남북은 체재와 이념을 앞세워 전쟁을 벌였지만, 전쟁터에서는 어떻게든 살아남는 일이 더 중요했고, 살아남는 일도 먹고사는 문제와 불가분 직결될 수밖에 없었다. 그 참담한 시기를 거치면서 대부분 사람들은 신분과 계층을 떠나 먹고살려고 무슨 짓이든 하지 않으면 안 됐다. 각자도생(各自圖生)의 시대였고, 불공평은 더더욱 심해졌다. 정의, 인간다움, 더 높은 이상을 지향할 겨를이 없었다고는 하지만, 오늘날 대한민국이 안고 있는 천민자본주의와 빈부의 양극화는 먹고살기에 급급했던 부모 세대가 남긴 유산임이 분명하다. 그 옛날 초등학교 선생님만을 탓할 일은 아니라고 본다.

옥수수빵의 행방을 물어야 한다. 과거의 잘못을 추궁하고 징벌하자는 게 아니다. 옥수수빵을 가난하고 제대로 교육받지 못한 사람들에게 돌려주어야 한다. 글을 쓸 줄 모르거니와 어눌한 말밖에 할 줄 모르는 사람들. 그들이라고 해서 하고 싶은 말이 왜 없겠으며,

가슴속에 맺힌 응어리가 왜 없겠는가. 지금도 이 땅에 존재하는 그런 사람들에게 옥수수빵과 더불어 작은 위로라도 건네줘야 한다.

충신동 피아노 십 간판

달고나, 그 게임의 법칙

자주 들르는 빌딩에 실내 경마장이 있었다. 나는 한 번도 안으로 들어가지 않았지만, 결승선으로 질주하는 말들과 대형 스크린을 향해 들려있는 얼굴들이 떠올랐고, 환호와 좌절이 교차하는 가운데 욕설 따위가 들려오곤 했다.

경기가 끝나면 남녀 불문하고 남루한 사람들이 복도나 빌딩 입구로 몰려나왔다. 대낮에도 경마장을 드나들지만 한량과는 차원이 다른 몰골들이었다. 어떤 이유로 일터 대신 경마장을 찾아왔는지 모르겠으되, 도박 외엔 대책이 없어 보였다. 생의 밑바닥에서 담배 연기에 피어오른다. 다들 골초라선지 여기저기서 마른기침이 터져 나온다. 그들을 폐인이라고 불러도 좋을까?

나는 세계에서 가장 화려한 도박장이라는 라스베가스는 고사하고 강원랜드에도 가본 적 없지만, 그 마지막 장소에 어른거리는 모습이란 내가 목격한 실내 경마장 사람들과 별반 다르지 않으리라 짐작한다. 꽃이 피고 지듯 도박의 시작과 끝에서 한 생을 다하는 것이며, 다음 생을 준비할 때까지 어딘가에 조용히 머물러야 한다. 그것이 휴식이든 죽음이든 말이다. 사실 대책이 없기는 도박을 한 번도 해보지 못한 사람이라고 해서 빌다를 게 없을지 모른다.

실내 경마장 사람들을 살펴보다가 내가 떠올린 건 엉뚱하게도 어렸을 때 즐겨 먹던 '달고나'였다. 동시에 붕어빵도 생각났다. 이스트를 쳐서 부풀린 희멀건 밀가루 죽과 검붉은 단팥을 붕어 모양의 금형에 붓고 센 불에 익히면 붕어빵이 된다. 잘 알려진 대로, 붕어빵에는 붕어가 없다. 쇠의 단면을 깎아 만든 금형이 있을 뿐이다. 붕어빵의 제조 과정은 사출성형에 가깝다.

그냥 먹어도 될 빵에 붕어의 아가미와 비늘, 지느러미, 꼬리를 새겨 넣어 사실감을 부각시킨 건 눈으로 보는 즐거움을 감안해서다. 지금으로 치면 고급 식당에서 식감에 앞서 미감을 자극하려 갖가지 부자재로 멋을 부린 경우이다.

설탕을 소다로 부풀려 먹었던 달고나는 붕어빵에서 한 차원 더 나아간다. 먼저 국자에 액화설탕을 부어 언턴불 위에 올려놓는다. 잠시 후 설탕물이 캐러멜로 변했을 때 이스트를 치면 옅은 색깔로 부풀어 오른다. 그 상태에서 재빨리 평평한 철판에 붓고 손잡이가 달린 둥근 쇠로 눌러 납작하게 편다. 그 위를 기다란 손잡이가 달린 무늬쇠로 눌러 새나 꽃, 별 따위를 음각한다. 달고나는 그 제조법이

프레스 성형에 가깝다.

달고나의 높은 차원은 '뽑기'라는 과정에 있다. 그때부터 묘하게도 생산자에서 소비자의 수고로 이어지며, 미감에서 일탈해 오락성과 사행성을 조장한다. 누군가 달고나의 음각화를 파손하지 않은 상태로 고스란히 살려내는 게임을 착안해냈고, 아이들은 떨리는 손길로 게임의 법칙에 따라야 했다.

오랜 수공을 거쳐야 하는 게임이었다. 옷핀으로 미세한 구멍을 내면서 음각화를 살려내려는 아이도 있었지만 부질없는 인내심으로 끝나는 경우가 많았다. 게다가 어느새 심판으로 격상한 달고나 장사꾼의 엄격함이란! 성공을 보장하긴 어려웠지만 돈만 지불하면 얼마든 다시 도전할 수 있는 게임이었다. 그러나 그것도 한두 번뿐, 아이들 대부분은 파편을 입에 물고 쓸쓸히 게임장을 등져야 했다.

승리원 짜장면

짜장면 먹고 싶다!

얼마 전 한 친구가 간절한 목소리로 내게 말했다. 그때 내 입에서 웃음이 터져 나올 수밖에 없었던 건 나와 그 친구가 중국집에서 팔보채를 시켜 한잔하는 상황이기 때문이었다.

비 오는 날이면 나는 가끔 중국집에 간다. 바깥이 내다보이는 유리창 곁에 앉아 빼갈(白干)을 홀짝이는 재미가 언제부턴가 식성 비슷하게 내게 길들어 있었다. 유리창에 금을 치는 빗줄기와 빗줄기에 젖어가는 창밖을 바라보는 우울한 식사를 즐겨왔던 것이다. 짜장면이 먹고 싶다는 친구와 만난 날도 비가 오고 있었다.

짜장면 먹고 싶다! 이 세상에서 가장 신속하게 이룰 수 있는 소망이 짜장면 먹는 일 아닐까. 전화 걸면 삼십 분 안에 철가방이 달려와서 소망을 해결해 준다. 그날 짜장면이 먹고 싶다는 친구에게는

돈암동 승리원 짜장면 집을 닮은 누하동 영화루.

그런 절차조차 생략할 수 있는 절호의 기회였다. 여기 짜장면 한 그릇! 턱을 괴고 식탁에 앉아 신문을 뒤적이는 중국집 주인을 즉시 일어서게 하기에 충분했지만 그때 이미 오간 술잔에 곁들인 안주로 배가 불러 있었다. 그러니까 짜장면을 먹고 싶은 친구의 욕구는 시기를 놓쳐버린 셈이었다. 중국집에 들어서기 전부터 잠재했던 욕구가 시차를 의식하지 못하고 터져 나온 것이었을까?

짜장면 먹고 싶을 때면 떠오르는 중국집이 있다.

미아리 고개가 시작되는 지점에 있는 이 층 중화반점, 승리원(勝利院)이다. 그 집 이름을 이렇듯 한자로 정확히 표기하는 건 초등학교 때부터 보아온 붉은 간판에 음각된 금색 글씨가 지금껏 기억에 선명하기 때문이다. 승리원을 내가 본 햇수만 50여 년이다. 지금은 창업주 아들이 사장으로 등극하여 카운터를 지키고 있다. 배달원이 부족한지 어느 땐 사장이 손수 철가방을 오토바이에 싣고 덜덜거리며 달린다.

승리원 앞을 지나면 언제나 춘장 볶는 냄새가 풍겨온다. 아, 뿌리치기 어려운 유혹의 냄새! 50년 동안 한 자리에서 축적된 냄새다. 늦은 퇴근길 불 꺼진 승리원 앞을 지날 때면 어느새 걸음이 느려지고 익히 보아온 장면이 눈앞에 떠오른다. 윤기를 머금은 상앗빛 국수사리 위에 무자비하게 침범한 검은 짜장 범벅, 그 위에 노리개처럼 군데군데 박힌 푸른 완두콩과 노란 옥수수 알갱이 몇 알, 그 곁에 청결한 오이채가 놓이는 건 기본이고, 삶은 달걀 반쪽이나 메추리 알이 살포시 얹혀 있다면 짜장면 한 그릇의 소비자가격을 이의 없이 받아들이게 된다.

60년대 50원이던 승리원 짜장면 값이 지금은 5,000원 안팎이다. 가격은 100배 올랐지만 그 예뻤던 완두콩과 옥수수 알갱이, 메추리 알은 흔적도 없다.

산둥이 고향이라는 사장은 손님을 대할 때는 한국말을, 저들끼리 뭐라 할 땐 중국말을 쓴다. 얼굴은 언제 보아도 쾌활하다. 권투시합이라도 벌어진 날 그가 배달해온 짜장면을 먹으면 내가 응원하는 선수가 반드시 승리할 것 같았다.

떡국

아내가 슈퍼마켓에서 떡을 사 왔다. 비닐봉지를 풀자 잘게 자른 떡 조각들이 쏟아져 나온다. 옛날 내가 보았던 가래떡이 아니다. 어머니는 설날 며칠 전부터 흰 쌀을 씻어 채반에 담아 놓으셨다. 쌀이 떡이 되려면 반드시 방앗간을 거쳐야 했다. 시골 같으면 떡메로 쳐서 쌀을 반죽하고, 반죽을 늘이고 궁굴려서 가래떡을 만들었겠지만 서울은 기계로 단번에 뽑아냈다.

어렸을 때 내가 본 가래떡은 방앗간의 공업력을 거쳐 생산된 반제품이었다. 지금은 아예 국물에 바로 넣을 수 있도록 잘게 자른 완성품으로 나온다. 당연히 가래떡을 구경할 수 없다.

설날 하루나 이틀 전쯤 방앗간에 가면 평소엔 거의 닫혀 있다시피 한 방앗간이 그날만큼은 활기로 넘쳤다. 대박 영화를 보려고 극장 매표소 앞에 길게 줄이 생기듯 동네 사람들이 방앗간 앞에 서서 차례를 기다린다.

방앗간 안은 한낮인데도 백열전등을 켜놓았는데, 김이 자욱이 서려 불빛이 흐렸다. 붉은 고무장갑에 검정색 장화를 신은 방앗간 직원, 실은 방앗간 집 아들이 물이 고인 바닥을 철벅대며 분주히 오간다. 해마다 그렇듯이 대목을 만난 청년의 목소리는 크고 갈급했다. 그렇지만 지휘자는 멥쌀을 기계에 넣을 때마다 선반 위에서 장부를 내려 중량을 기재하는 그 집 아버지였다. 명숙이 엄마라고 부르던 그 집 어머니도 한쪽에 쪼글시고 앉아 부지런히 떡을 뽑았고, 조그마한 체구의 명숙이도 어딘가에서 맡은 일을 수행했을 것이다. 한 가족이 경영에 투입된 가내공업이었다.

이미 가래떡을 뽑아 집으로 가는 아낙의 함지에서 뜨끈한 아지랑이가 피어오른다. 아지랑이는 설날 아침 차례상에 오른 세찬 음식인 떡국을 음복할 때도 눈앞에 아른거렸다.

차례상에 둘러앉은 식구 수가 확 줄었다는 사실을 알고는 마음이 몹시 헛헛했을 때가 있었다. 보통은 여덟 그릇이었는데, 어머니가 세상을 뜬 후로는 나와 아내와 두 딸, 네 그릇만 남았다. 떡국을 수저를 뜨면서 그 네 그릇도 하나씩 줄어드는 모습을 상상하다가 목이 메었다.

카프카는 가장이 아닌 독신자로서의 고독한 삶을 스스로 선택했지만, 때로는 그도 타인과의 관계를 그리워했다.

십자가를 매단 오래된 교회 첨탑

늘 한 손에는 자신의 저녁거리를 들고 집으로 와야 하고, 낯선 아이들을 놀라워하며 바라보아야 하지만, 나에겐 아이들이 하나도 없구나, 하고 줄곧 되풀이해선 안 되며, 젊은 시절의 기억에 남아 있는 한두 독신자들을 따라 외모와 태도를 꾸며 나가야 한다는 것은 정말 괴로운 일이다.

떡국이 남이 이야기나 다름없는 독신자들이 늘고 있다. 카프카처럼 처음부터 독신인 사람도 있지만, 불가피하게 이혼한 중장년층이 더 많다.

명절이 다가오면, 명절에 피해야 할 얘기들이 시리즈로 나돈다. 특히 독신자에게 언제 결혼할 거냐고 묻는 걸 대표적인 금기어로 꼽는다. 하물며 이혼한 처지를 알고는 섣부른 오지랖을 삼가려고 애쓰는 기색이 역력하다. 그러다 보니 오랜만에 만나서도 주고받는 말이 별로 없다. 어쨌든 어떻게 사냐고 묻지 않아서 좋기만 하네. 독신자는 스스로를 위로하듯 종종 자유롭다고 이야기한다. 카프카도 그 비슷하게 말한 적이 있으나 오래지 않아 번복한다. '젊은 시절의 기억에 남아 있는 한두 독신자들을 따라 외모와 태도를 꾸며 나가야 한다'는 발언이 그것이다. 누구를 따라 사는 것을 자유로운 상황이라 여길 순 없다. 그렇다고 카프카가 독신을 후회한다는 어떤 증거를 남긴 것은 아니다. 다만 타인과의 관계를 그리워한 흔적을 군데군데 남기고 있을 뿐이다. 인간으로 태어난 이상 근본적으로 자유롭지 않다는 게 그의 인식인 듯싶다. 부자유 자체로 태어났으니 자유롭지 않은 사람으로 살아갈 수밖에 없다는 것. 그렇다. 부자유를 당연한 이치라 여기면 독신자로서의 삶에 다소나마 위안 거리를 얻을 수 있을지도 모른다. 어려운가? 그럼, 혼자 왔다가 혼자 가는 것이 인생이란, 흔하디흔한 말로 정리해보자.

꼬부랑 할머니가 경영하는 북아현동 구멍가게

고독한 라면

일본 드라마 '고독한 미식가'를 적지 않은 한국인이 본다. 이 드라마는 열풍이라기보다 긴 장마철 습기처럼 천천히 우리나라 사람들의 관심 속으로 스며들었다. 한국에서는 일본 전문 케이블방송인 채널 J와 채널 W, 그리고 몇몇 온라인 미디어와 유튜브에서 볼 수 있다.

매우 간단한 줄거리다. 아무리 기억하려고 해도 이처럼 간단한 줄거리의 드라마는 처음이다. 드라마가 소개하는 음식도 별게 없다. 중년의 잡화수입업자인 이노가시라 고로가 업무차 방문한 지역에서 일을 마치고 식당에서 혼자 밥을 먹는 내용이다. 식당은 지극히 평범하고 고로가 먹는 음식도 그리 비싸거나 맛있어 보이지 않는다. 다만 왠지 고독을 즐기는 고로가 한 끼 한 끼에 감사하는 것처럼 느껴진다.

최근에 한국출장편을 찍었는데 단지 장소만 바뀌었을 뿐이다. 고로는 서울 보광동 소재 종점숯불갈비에서 돼지갈비를 먹고, 전주의 토방이란 식당에서 청국장과 비빔밥을 먹었다.

그런 음식을 먹는데도 미식가라 자처할 수 있을까. 그러나 그가 미식가 자격을 획득한 것은 고독하기 때문이다. 누구의 눈치도 보지 않고 오로지 혼자서 음식을 먹는 순간을 즐기기 때문에 미식가 반열에 오른 것이다. 드라마는 일본은 물론 우리나라에도 일반화된 '혼밥'을 현대인에게 주어진 자유라고 정의한다. 나아가 현대인이 겪는 각종 스트레스에 혼밥이 최고의 치유행위임을 암시하고 있다.

그러나 나는 쉬이 동의할 수 없다. 고독을 위로하려는 가짜 퍼포먼스는 아닐까. 독신자에게서 느껴지는 결핍을 자연스레 긍정하기는 어렵듯이 말이다.

오래전 집안에 나 혼자 남겨진 적이 있었다. 혼자서 압력밥솥에서 퍼온 밥, 혼자서 냉장고를 열어 꺼낸 반찬은 별 맛이 없었다. 이튿날인가 막내딸이 즐겨 먹던 라면을 슬며시 꺼내 먹었다. 경주로 수학여행 간 막내는, 내가 그렇게 말려도 하루에 한 번씩은 꼭 라면을 먹어야 하는 라면꾕이었다. 라면을 먹으면 머리카락이 꼬부라지고 코가 매부리코로 변한다고 공갈을 놓아도 개의치 않았다.

우리나라에 라면이 처음 등장한 건 1963년이라 하니 내 출생연도보다 5년 나중이다. 삼양라면의 창업자 전중윤이 일본 라면을 모방

지하철 역이나 버스 정거장에서 가까운 바닥에 살면 좋으련만
그럴 수 없는 여건에 산동네로 밀려난 사람들이 있다.
해방촌에서 본 계단은 그들이 사는
집처럼 빼곡하고 가팔랐다.
-해방촌 골목

안국동 골목길을 지나다 캐니넷을 발견했다.
돈암동 나의 집에도 캐비넷이 있었다.
문을 열려면 갈고리 모양의 손잡이를 돌리기 전에
먼저 동그란 다이얼을 돌려 비밀번호를
해제해야 했다.

해서 우리 입맛에 맞는 라면을 개발했다. 삼양라면은 내가 초등학교 다닐 때나 지금이나 주황색 비닐 포장이었다. 그때 라면 봉지 가격은 10원이었다.

라면은 조선시대 고추의 수입과 더불어 음식혁명으로 불린다. 집집마다 생필품처럼 라면을 쟁여 놓고 있다. 한때 북한에서 무장공비가 내려오거나 서해에서 전쟁의 위험이 불거지면 라면을 사재기하는 풍토도 있었다.

군대에 근무할 때 일주일에 한 번씩 급식으로 라면을 먹었던 기억이 난다. 라면을 배식하는 날에는 독특한 스프 냄새가 취사장에서 풍겨왔다. 고된 훈련을 마친 병사들은 라면을 조금이라도 더 타내고픈 갈망을 마음속에 품었지만, 취사병은 엄정한 표정으로 내미는 식판에 정량의 라면을 담았다. 퉁퉁 불은 면발이 이빨에 씹힐 새도 없이 죽처럼 목구멍 안으로 흘러 들어갔다.

2018년 북한은 핵 포기를 공식 선언했다. 북한은 그 훨씬 전인 2005년에도 핵 포기를 선언한 전례가 있다. 그때 나는 조만간 남북한 병사들이 공동경비구역에서 사이좋게 라면을 끓여 먹을 수 있을지도 모르겠다고 생각했다.

고로가 라면을 먹는 장면도 카메라에 담을 수 있을까? 일본인 특유의 호들갑으로 무엇인들 못하겠냐만 현재로선 무망해 보인다. 고로가 먹은 어떤 음식들보다 대중적이지만, 라면을 혼자 먹는 행위로 치유를 거론하기엔 무리이거나 시기상조란 생각이 든다. 라면은 혼자서 부담 없이 먹을 수 있는 패스트푸드로 정평이 나 있다. 혼자서 김치찌개나 된장찌개를 먹을 때의 거북함을 라면은 얼마든지 상쇄할 수 있다. 라면 한 그릇을 끓여 놓고 내려다보면 왠지 누구에게도 고독을 전파하지 않으려고 애쓰는 음식처럼 보인다. 라면처럼 고독한 음식은 이 세상에 없다.

통의동 골목의 담장 철조망

냉차 공짜로 먹는 법

고바위 영감이

고개를 넘다가

고개를 다쳐서

고약을 발랐더니

고(ㄱ)대로 낫대요

미아리 고개를 넘으면서 부르던 노래다. 물론 내가 꼬마였을 때다.

미아리 고개가 지금은 고개를 쳐들지 않고 시선만으로도 자연스레 꼭대기를 바라볼 수 있을 만큼 야트막해졌다. 몇 차례 도로공사로 고개를 깎았기 때문이지만, 전에는 사람도 차도 고개를 숙이고 숨을 헐떡여야 했다. 눈 오는 날에는 반드시 제설제를 뿌렸는데, 대부분 버스는 시커먼 연기를 뿜으며 가까스로 언덕을 올랐고, 어떤 버스는 고개 중턱에서 삐뚤빼뚤거리다 퍼질러 앉아 사람들이 버스에서 내려야 했다.

고개 정상에 냉차를 파는 아줌마가 있었다. 여름철이면 고개를 넘는 사람들이 땀으로 목욕을 했으니, 비록 구르는 상점이긴 하지만 목 좋은 자리가 아닐 수 없었다. 냉차 손수레를 아련히 떠올려본다. 리어카라고도 부른 수레의 적재함 위를 반자로 쳐서 평탄을 유지하고, 그 위에 투명한 플라스틱 통을 올려놓는다. 물론 플라스틱 통은 크고 네모진 얼음덩어리를 깔고 앉아 냉기를 유지한다. 플라스틱 통은 배터리와 연결되어 있고, 전기 코드를 꽂으면 통 안의 프로펠러가 윙윙 돌면서 보릿가루, 미숫가루, 설탕을 섞는 구조이다. 이건 순전히 기억에 의존한 영상이지만 60%는 근사치이리라.

냉차는 물론 돈을 주고 사 먹어야 하지만 예외도 있다. 미아리고개에 손수레가 힘겹게 오르는 건 매우 낯익은 풍경이었다. 버스도 택시도 숨을 헐떡이거늘, 사람이 끄는 손수레는 오죽했겠는가. 손수레는 물론 쏟아져 내릴 듯 짐으로 가득하다. 여기엔 누군가의 도움이 필요한데, 바로 이때를 기다려 등장하는 소년이 있다.

손수레를 뒤에서 밀어주는 대신 그 소년은 달고 시원한 냉차를 돈 없이도 마실 수 있었다. 젖 먹던 힘까지 다해 손수레를 끈 냉차 파는 아줌마 한 잔, 냉차를 얻어 마시려고 일부러 고개를 기웃거린 그 소년 한 잔. 냉차가 위장에 닿는 순간 꼬챙이로 콕콕 쑤시듯

머리가 아프다. 상습자원봉사자인 소년은 직장인이 퇴근길 포장마차에 들러 소주 첫 잔을 마실 때처럼 카, 기쁨과 고통을 섞어 이맛살을 찌푸렸으리라. 기쁨과 고통은 한 지붕 두 살림이라는 듯.

창성동 골목길의 보안등

원기소 중독

한 10년 전인가, 술 한잔 걸친 귀갓길에 약국에 들른 적 있다. 원기소를 달랬더니 나와 비슷한 나이쯤으로 여겨지는 여자 약사가 난처한 얼굴로 웃는다. 품절된 지 오래라고 했다. 그 후 원기소가 다시 세상에 나온다는 소식을 어디선가 들었는데 아직 확인해 보지 못했다.

내 기억 속에 우윳빛 플라스틱 통과 갈색 알약으로 남아있는 원기소. 역도선수가 가볍게 역기를 들고 있는 라벨을 떠올리면 지금도 입안에 침이 고인다. 그 맛은 어떤 맛일까.

국민소득이 오르면서 식품문화도 덩달아 발달했다. 텔레비전에서 음식평론가라고 소개하는 직업이 자연스레 등장할뿐더러, 얼마 전 받은 명함에는 음식전문 기자라는 직함이 붙어 있었다. 식당 주방 아저씨를 요리사로 부르기보다 쉐프라고 불러야 예의라는 말도 누군가에게서 들었다. 식당체인사업으로 성공한 백종원은 골목길에 있는, 잘 알려지지 않는 식당에 가서 음식 맛을 평가하는데 거의 저승사자에 가까워 보인다.

요즘 음식 맛을 평가하는 글을 읽으면 찬란함을 넘어 현란하다. 어느 식당 스테이크를 축구선수에 비유해, 공수 전환 때 언제라도 빈 공간을 메워주는 든든한 미드필더 같은 맛이라고 쓴 글을 읽고 슬멋 웃음이 떠올랐다. 또한 두부의 식감을, 잠시 이빨에 와닿는 느낌 외에는 없지만 양념간장 때문에 조연 같은 주연의 맛이라고 표현한 글에 고개를 끄덕였다. 소설가 김훈이 표현한 재첩국은, 먹기가 미안할 정도의 순결한 비린내의 맛, 거기에 부추를 넣으면 새벽안개처럼 파랗게 풀어져 어른거리는 맛, 이 세상 밑바닥의 맛이란다.

나는 원기소를 그저 입맛을 당기는 고소한 맛이라고 표현하겠다. 입안에 풍기는 고소한 맛에 과자라고 생각하고 오도독오도독 깨물어 먹었다. '고소하다'는 '구수하다' 보다 왠지 자극적이고 충동적인 형용사이다. 원기소의 어떤 성분이 입맛을 당기는지 알 수 없지만 몇 알 먹다 보면 계속 통을 기울이게 된다. 열 알 이상 먹으면 몸에 해롭다지만 한번 맛을 들이면 먹는 걸 중단할 수 없는 은행처럼 원기소도 중독성을 지녔다. 좋은 약은 입에 쓰다지만 원기소의 풍미에 한 번 빠지면 좀체 헤어나오기 어려웠다. 원기소는 영양보충제로 알려졌지만, 정작 몸 어디에 좋은지 알지 못 했다. 원기소를 호주머니에 넣고 다니면서 친구들에게 나눠주기도 했다.

그런데 악! 이 글을 마치면서 네이버를 검색해보니, 식약청에서 원기소를 판매 금지한 지 오래란다. 이유는 원기소를 판매한 서울 약품공업(주)의 부도. 그런데 '원기쏘'라는 이름으로 원기소와 매우 비슷한 이름의 약이 이미지로 보이는 건 웬일?

보문동 골목길의 상수도 뚜껑

행복을 느끼려면 실패에 익숙해져야 한다
프란츠 카프카의 소설 '성'이
미완성으로 끝났듯이

골목길 카프카

K는 밤늦은 시각에 도착했다. 마을은 눈 속에 깊숙이 파묻혀 있었다. 성이 있는 산은 안개와 어둠에 둘러싸여 전혀 보이지 않았고, 커다란 성이 있음을 알려 주는 아주 희미한 불빛조차도 눈에 띄지 않았다. K는 국도에서 마을로 통하는 나무다리 위에 서서 허공을 한참 쳐다보았다.

프란츠 카프카(Franz Kafka)의 소설 '성(城)'은 첫 대목부터 방황을 예고하는 장면으로 시작한다. 측량사 K는 성 안으로 들어가 베스트베스트 백장을 알현하려던 계획이 뜻대로 되지 않아 성 바깥 마을을 빙빙 돈다. 방황이 길어지자 그는 계획마저도 망각한 듯 어느 땐 취직을 부탁하러, 어느 땐 친구를 사귀거나 여자를 유혹할 목적으로 마을의 이 골목 저 골목을 돌아다닌다. 그가 방황하는 골목길이 시작도 끝도 없이 어디선가 나타났다가 어디론가 사라지기도

해서 오히려 백작이 그의 행적을 따라잡으려다 미궁에 빠질 정도다. 카프카의 소설을 읽다 보면 이렇듯 모르는 골목길을 걷는 느낌에 빠져든다. 성은 결말이 없는 소설이다. 주저리주저리 성을 이야기하던 카프카가 펜을 내려놓고 어디론가 가버린 것처럼 미완성이다. 실제로 카프카는 세계에서 가장 큰 성인 프라하 성의 바깥 마을에 살았다고 한다. 그 집에서 프라하 성을 바라보면 성에서 흘러나오는 무성한 소문만 내내 듣다가 갑자기 끝나버려, 소설에서처럼 막다른 골목에 다다른 기분이라고, 카프카 마니아인 어느 여행자는 말했다.

프라하는 프란츠 카프카의 도시다. 카프카는 프라하를 떠난 게 단 한번뿐이었다. 프라하의 구시가지에서 태어난 카프카는, 믿기 어렵지만 출생지를 중심으로 반경 1㎞에서 대부분의 생애를 보냈다고 한다. 어린 카프카는 틴 성당 뒤쪽의 초등학교에 등교하려 미로를 닮은 골목길을 걸어 다녔고, 그 길은 청년 카프카가 잠깐 출입했던, 두 사람이 겨우 교행할 수 있는 폭인 사창가 골목길과 함께 지금도 남아 있다.

서울이라는 오래된 도시는 과연 무엇을 남겼을까. 이 도시는 치부를 감추듯 옛 모습을 지워버린 지 오래다. 어디를 가도 고층건물과 찻길만을 남기기로 작정하고 도시를 단순히 재편성한 모습이다. 늘 파괴와 상실이 도사린 듯하다. 나만 그런지 모르겠으되, 새로 지은 유리건물들 사이를 지날 때 나는 옛날보다 훨씬 불안해진다. 나는 여전히 어두운 골목길, 쇠창살이 달린 흐린 창문, 경첩이 비끗 돌아가면서 열리는 대문, 전깃줄이 봉두난발로 얽힌 전봇대, 모서리가 깨진 쓰레기통에서 느낀 불안에 훨씬 익숙하다. 그때와 달리 이 거리는 왜 이리도 깨끗할까. 이 거리는 어쩌면 이리도 과거를 일거에 청산한 것처럼 태연할까. 나는 새로운 불안에 적응하기 어려워 조심스레 유리건물들 사이를 걷는다. 이 죽은 듯 평평한 땅을 믿을 수 없거니와, 어디선가 나를 내려다보고 있을 감시카메라도 의식하지 않을 수 없다.

언제부턴가 나는 옛 골목길을 그리워하기 시작했다. 어떤 길은 하염없이 이어지다가 어느 순간 밧줄처럼 뚝 끊어지는 반면, 어떤 길은 막혔다고 생각하는 순간 모퉁이에서 출구가 열린다. 사람도 개도 서서히 나타나거나 사라지는 언덕길, 갑자기 튀어 오르는 계단, 지하세계로 끝없이 인도되는 내리막길……. 그렇게 굴곡진 길을 지나면 인생의 후반기에 이른 것처럼 갑자기 나이를 먹는다. 동시에, 갑자기 어려져 구멍가게와 문방구가 있는 거리를 타박타박 걷기도 한다. 골목길을 걸으며 크기도 생김새도 높낮이도 다른 집들을 찬찬히 살펴보면 놀랍게도 내가 유년 시절에 본 사소한 장면과 그 장면에 연루된 희미한 사람들이 어른거린다.

내가 살던 돈암동에는 성채처럼 여겨지는 집이 있었다. 측량사 K가 들어가지 못한 프라하의 성에 비교할 바 아니지만, 거대한 축대 위에 올라앉은 커다란 이층집이었다. 아무도 집주인을 가까이서 대면하지 못했다. 주차장으로 이따금 승용차가 들어갔고, 셔터를 내리기 전 잠깐 대법원 판사라는 집주인이 비치곤 했다. 드물지만 그의 아내가 외동딸을 차에 태우고 멀리 있는 학교로 가는 모습도 보였다. 동네 집들을 들락거리며 귀찮게 굴던 거지들이 그 집 높은 대문 앞에 다가갔지만 이내 발길을 되돌린다. 물론 아이들도 그 집으로 공을 넘길까봐 두려워한다. 그 집 창문은 늘 닫혀 있고, 정원에서는 새소리가 들렸다. 내가 한 번도 가보지 못한 세상의 권력이 그 집 정원에 무성히 자란 나무들 위를 후드득후드득 날아다니는 새처럼 신비롭게만 느껴졌다.

우리 가운데는 그 집의 높다란 대문 너머를 꿈꾸는 아이가 적지 않았다. 어른이 된 그들은 과연 그 꿈을 성취했을까. 거의 없으리라고 나는 짐작한다. 대부분은 성 안으로 들어서지 못하고 미로와도 같은 구불구불한 골목길을 고단하게 걷고 있을 것이다. 그렇다면 K를 우리 자신의 페르소나라고 생각할 수도 있겠다. 자본과 계급의 세습이라는, 불공평하고 불가해한 시스템 속에 놓인 현대인의 운명을 카프카가 100년 전에 이미 소설 속의 가공인물로 그려냈다는 얘기다.

카프카의 인생은 실패투성이였다. 어느 출판사로부터도 인정받지 못한 소설가여서 먹고살기 위해 보험회사를 다녀야 했다. 문학은 결혼을 방해하는 요소라 생각하고 독신으로 생을 마쳤다. 아버

늦저녁,
원서동 골목길을 서닐다
'카프카가 살던 집을 만났다'라고
쓰고 싶은 집을 만났다.
그럴 수만 있다면, '창문에 걸린 카프카의
외투도 보았다'라고 썼을 텐데.

지와는 평생 서로를 원망하는 사이여서, 아버지가 던진 사과가 등에 박히는 '변신'의 그레고르로 자신의 아픔을 표현했다. 그렇게 섬뜩한 상상력을 지닌 채 늘 불면증에 시달렸다.

그런데 생각해보라. 카프카만큼은 아닐지라도 우리 역시 크고 작은 실패의 유전자를 지닌 채 살아가는 것은 아닐까. 과거의 상처는 좀체 아물지 않는 현재진행형이고, 희망의 조짐이 보이지 않는 미래는 안개처럼 불투명하다. 카프카는 실패를 받아들였다. 그는 결코 완성을 위한 힘겨운 싸움을 벌이지 않았다. 우리도 우리 앞을 가로막는 막다른 골목길과 안개를 받아들어야 한다. 카프카는 죽기 전에 자신이 쓴 글들 대부분을 불태워버리라고 했다. 자신의 인생과 마찬가지로 글 또한 실패작이라고 그는 생각했다. 카프카의 위대한 업적은 실패를 통해서 얻어진 것이다. 실패를 인정하기 어렵다면 최소한 실패와 타협이라도 해야 한다. 그래야 우리 모두의 등에 박힌 크고 작은 사과가 썩어 없어지지 않을까.

별

죽어서 별이 되겠다고 말하는 사람이 지금도 있을까? 있다면 아이들이겠지. 그렇지만 밤하늘의 별도 지구와 마찬가지로 우주의 한 구성체란 사실이 널리 유포되면서 아이들마저 저 세상에 가서 별로 태어나겠다는 꿈을 접어버리는 것 같다. 우주 비행선을 타고 재빨리 별을 향해 날아오르기를 희망하는 아이들이 점점 많아지는 세상이다. 지구 문명의 팽창 속도를 보건대 아이들의 비행은 실현 가능한 미래에 접근해 있다.

아이들마저 이처럼 현실에 가까운 꿈을 꾸니 어른들의 삶은 얼마나 삭막하겠는가. 나날이 줄어드는 꿈을 확인하면서 어른들의 지구별 생활은 고달프다. 아이들과는 다른 이유로 어른들도 다른 별로 떠나고 싶어 한다. 지구별에 남아 쩔쩔매기보다 한시바삐 어디로든 살기 좋은 세상으로 떠났으면 한다. 그 세상이 은하계 저쪽에 있다면 거기로 날아가서 남은 생을 편안히 보냈으면 하는 것이다. 내가 살고 있는 21세기에는 어렵겠지만 언젠가 우주정거장이 생겨 여행을 가거나 이민을 위해 아예 지구를 떠나는 사람들을 볼 수 있으리라.

그렇긴 해도 우주정거장을 상용하기까지는 요원한 시간이 걸리리라 예상된다. 세상 돌아가는 꼴을 보건대 빈부 격차는 지금보다 미래에 훨씬 극심하지 않을까. 부자들만이 우주를 여행하거나 이민의 꿈을 실현할 수 있을 테고, 대다수의 가난뱅이는 고작 천체망원경이나 들여다보면 다행이지 않을까. 희망도 돈이 있어야 획득 가능하리란, 따라서 절망이 더 많은 사람을 오래도록 지배하리라고 나는 전망한다. 적어도 별로 가는 차비가 전철티켓을 끊을 때처럼 부담 없어질 때까지는. 그러므로 예나 지금이나, 그리고 앞으로도 오래도록 별은 바라보이는 존재로 밤하늘에 상주하리라. 몇몇 어린이들은 죽어서 별이 되기를 어리석게 꿈꾸고, 생활에 지친 어른들은 높은 하늘에서 별이 가물거리는지도 모르고 밤길을 걸어 귀가할 것이다.

별의 정거장

소리로 세상을 봐야 하는 시기가 내게 있었다. 그때 세상에는 텔레비전보다 라디오가 더 많았다. 라디오는 세상이 어떻게 동작하는지 소리로 들려주는 기계였다. 라디오에 붙은 둥근 스위치를 오른쪽으로 돌리면 세상이 움직이기 시작하고, 왼쪽으로 돌리면 소리가 잦아들면서 이윽고 세상이 정지된다. 스위치의 오른쪽과 왼쪽을 경계로 세상에는 소리와 소리 아닌 것, 두 가지만 존재했다. 스위치를 켜고 끌 때마다 딸깍, 매우 짧고도 분명하게 그 경계를 알렸다. 그때 나는 웬일인지 방문과 창문을 꼭꼭 닫아 스스로를 유폐했다. 자고 나면 한 뼘씩 키가 자라나는 느낌이었다. 목소리도 이상하게 변하기 시작했다. 나중에야 알았지만 그때가 나의 사춘기였다.

금성라디오는 내 유일한 말동무였다. 이따금 바람이 금 간 유리창을 흔들고 지나갔다. 어둡고 불안한 나날이었지만, 라디오가 있는 내 방은 쓸쓸한 즐거움으로 넘쳤다. 라디오의 붉은 화살을 움직여 주파수를 찾아내면 들리는 것이 보이는 것인 세상이 열렸다. 여기 숲이 있다, 라고 말하지 않아도 나뭇가지를 흔드는 바람과 새들의 지저귐만으로 숲은 간단히 묘사된다. 라디오 속에서 전차가 궤도 위를 지나고, 야구공이 허공을 가르고, 전차와 야구공 사이에서 남녀가 만나고 이별한다. 내레이터는 지구별에 떠도는 모든 이야기를 목소리에 담았다. 그렇지만 어떤 이야기도 음악만큼 솔깃하게 내 귀를 이끌 순 없었다.

어느 날 아버지께서 전축을 사 오셨는데 그 이름이 '별표전축'이라 했다. 별표전축은 이웃들도 보란 듯 안방과 건넌방 사이 대청마루에 놓여 있었다. 라디오 위에 축음기가 올라앉은 형상이었다. LP와 함께 턴테이블이 돌아가고, 커다란 스피커가 양쪽으로 달려 소리의 날개가 펄럭인다. 그렇다고 새의 형상도 아닌 것이, 네모난 마호가니 상자를 네 발이 떠받치고 있었다. 내 집에 깃든 별표 전축은 사람의 상상력이 빚어낸 기이한 전자 동물이었으되, 세상과의 불화를 의미하는 모양새는 아니었다. 앨범을 수납하는 서랍에 데미안 같은 소설책을 넣어둘 수도 있었던 것이다. 어머니는 전축을 가구로 인식했는지 라카칠한 표면을 수시로 닦아 광을 내었다. 그 별표전축에서 음악이 들려오는 순간 내 귀는 진공관 필라멘트처럼 붉게 달아올랐다.

대청마루에 있던 별표전축이 어느새 내 방으로 건너왔다. 어머니께서 옮겨 놓으셨지만, 스스로 네 발을 움직여 가장 사랑하는 사람 곁으로 와버린 것이라고 나는 생각한다.

별표전축과의 고독한 동거가 시작되었다. 유리창 밖에서 별들이 보내오는 주파수를 별표전축이 수신했다. 스피커는 별의 입술이었다. 밤마다 별이 쏟아내는 입김이 내 귀를 덥혔다. 밤마다 나는 진공관 속으로 외출했다. 뾰족한 바늘을 짚고 나는 레코드판의 검은 골짜기를 따라 자꾸 안으로 파고들었다. 계곡 어디쯤에선가 벌판이 보이고, 벌판 너머로 돌연 쇠기둥이 솟아오른다. 이곳이 어디지? 그 순간 나는 계곡과 벌판의 경계에서 번쩍 공중으로 들어 올려졌다. 어느새 나는 별의 정거장에 도착해 있었다. 정거장에서 다른 정거장들이 보였다. 밤하늘에 떠다니는 정거장마다 가로등이 있어 노랗게 누에고치를 짜고 있었다. 별들이 저마다 다른 소리를 내며 밤하늘에 떠다녔다. 그렇지만 별들 사이에서 소리들이 부지런히 사다리를 놓아 서로 왕래하도록 도와주고 있었다. 금 간 유리창이 바람에 흔들리듯 불안한 나날이었지만, 세상이 살만하다는 것을 그때 나는 처음 알았다.

별에게로의 망명

프랑스 지도를 펼치면 타라스콩과 루앙이라는 마을이 밤하늘의 별처럼 점을 찍고 있다. 거기 가려면 기차를 타야 하지만, 사람이 별에 가려면 죽어야 한다.

1888년 반 고흐가 쓴 글이란다. 자세히 살펴보니 사람이 죽으면 별에서 다시 태어난다는 믿음을 전제한 글이다. 왼쪽 귀를 칼로 잘라 아를 사창가 매춘부에게 건넨 해였다.

놀랍게도 반 고흐처럼 생각한 미개 족속이 지구상에 있었다고 한다. 사람이 죽으면 바다에서 피어오른 수증기가 구름이 되듯 별이 된다고 믿었다는 것이다. 몇몇 사람이 개별적으로 그렇게 믿을 수도 있겠지만 집단적인 믿음이었다니 신앙에 가까웠다고 봐야 하지 않을까.

그런데 그런 믿음이 반 고흐 같은 예술가나 미개 족속만의 전유물은 아니었다. 피를 흘리면 녹슨 쇠 냄새가 난다. 천체물리학자 하인츠 오버훔머는 피에 들어 있는 철분에 주목했다. 우리 몸의 뼈나 장기 조직에 녹아 있는 칼슘과 탄소, 수분 속의 수소가 별에서 온 거라며, 별이 생명의 기원이라고 했다.

부언하면 이렇다. 아주 먼 옛날 100억여 년에 걸쳐 별이 폭발했는데, 그때 핵 연소 과정에서 생겨난 원소들이 성간물질로 우주를 떠돌다 지구를 형성하는 일부가 되었다. 그 지구에서 생명이 태어날 때 세포 안으로 들어왔고, 그 생명이 진화해서 인간의 몸을 이루었다. 우리가 이 지구에 태어난 것은 수많은 별들이 우주에 태어난 것과 같으며, 우리의 생주이멸(生住異滅) 또한 별을 닮았기 때문이란다. 쉽게 말하자면, 사람의 죽은 몸이 어느 화장터에서 한 줌 재로 변했다가 바람에 흩어지고, 그것이 여기저기 우주를 떠돌다 어느 것은 가까운 화성에, 어느 것은 먼 천왕성에 닿으리란 것이다.

예술가란 어떤 존재일까. 동생이 그림판매상이지만 전시회 한 번 열어본 적 없고, 생전에 그림 한 점 팔아본 적 없는 고흐는 별에서 다시 태어나야 하는 운명을 이야기했다. 별이 빛나는 밤이란 풍경화를 남겼듯이 그의 삶은 소용돌이치는 별처럼 뜨거웠고, 그 아래 마을처럼 적막한 밤에 잠겨 고독했다.

그가 들판에 나가 권총으로 자살한 건 삶의 본질이 별임을 깨닫

나는 종종 서울하늘에서 사라진 별을 보러 정릉 4동 산동네에 간다.
어둠이 내리면 별을 대신해서 보안등에 불이 들어온다.
별은 사라졌지만 누군가 간절한 마음으로 보안등을 켜기에 내 마음이 별처럼 가물거린다.

고 한시바삐 거기로 가야 했기 때문인지 모른다. 나는 누구일까, 누구일까……. 그때 그는 죽음을 재촉하듯 뇌까리지 않았을까. 그 이전에 귀를 자른 자화상을 그리면서도 그는 별에게로의 망명을 갈망했으리라.

나는 누구일까. 어리석게도 별처럼 이름을 남기고 싶어 했던 사람은 아니었는지 나를 들여다본다. 내 삶의 풍경화에서는 아주 미미한 흔적으로만 뜨거움과 고독이 어른거린다. 한마디로 나는 진정성이 결여된 사람이었다. 그 사실을 알았기에 수면제나 진통제를 꺼내는 대신 새벽에 이 글을 쓴다. 글을 쓰는 순간 내 삶이 제법 리듬을 타는 것도 같다. 마음을 억누르는 무거움이 한순간 재로 변해서 바람에 불려가는 느낌도 든다.

창문을 열고 별들이 보이지 않는 서울의 밤하늘을 눈으로 더듬는다. 어렸을 때는 서울 하늘에도 얼마나 별들이 많았던가. 밤이 이슥할 때 마당에 서면 별들이 하늘에서 부서져 내려와 지붕 위에서 반짝거렸고, 별들이 그처럼 가까이 내려온 만큼 나 또한 지구의 지붕 위에 올라선 기분이었다. 반 고흐처럼은 아니지만 그때나 지금이나 내 삶과 죽음이 별과 무관하지 않음을 희미하나마 나는 예감하고 있다. 언젠가는 나도 죽어서 다른 별의 기차역에 내리겠지. 별안간 내 몸이 꿈틀대기 시작했다. 고흐가 그린 삼나무로 변해 꼬불꼬불 별을 향해 솟아오른다.

말타기

골목이 사라지기 시작한 결정적 이유가 자동차 때문이란 얘기를 들었다. 페이스북에서 안 골목길을 걷는 단체를 따라갔을 때였다. '마이 카'라고 부른 자가용 시대에 접어들면서 길도 넓어져야 했으므로 타당한 얘기다. 길을 넓히는 모습을 자주 보는데 어떤 곳은 길을 파헤친 지 얼마 되지 않아 또 확장공사를 한다. 그만큼 자동차, 그중 개인 용도로 쓰이는 자가용이 늘고 있다는 방증이다. 더불어 재개발과 재건축이라는 명분으로 아파트가 느는 것도 자가용과 불가분 관계임을 산동네에서 주차 전쟁을 겪어본 사람이라면 쉬이 짐작할 수 있다.

나는 서른 살 초반에 중고차를 사서 처음 몰았는데 현대자동차에서 나온 포니 2였다. 그랜저, 로열살롱, 콩코드 등 중형차가 위용을 부렸지만, 포니2로도 행세깨나 할 수 있는 시절이었다. 사실은 길음시장을 지날 때가 가장 곤혹스러웠다. 야채와 과일을 파는 리어카들이 황급히 자리를 비키는 모습을 운전석에서 지켜볼 때 마음이 적이 불편했다. 자가용만 타고 다니면 다야? 시장 상인에게서 꾸지람을 듣기도 했다. 그러더니 언제부턴가, 포니 끌고 다니면서 길을 비키라고 해? 조롱을 섞어 퍼부어오는 소리가 유리창 바깥에서 들렸다. 그 십 년 후부터 외제차가 들어오기 시작하더니 지금은 국산차보다 더 자주 눈에 띈다. 물론 외제차가 부유층임을 과시하는 방법으로 호도되고, 빈부의 양극화를 부추기는 상징으로 악용된 사례를 우리는 기억하고 있다.

그런데 자동차보다 더 비싼 것이 말이라는 사실을 우리는 최순실 사건을 통해 알았다. 그녀의 딸 정유라가 탄 마장마술용 말인 블라디미르가 무려 30억 원에 이른다는 소식에 입을 벌려야 했다. 블라디미르는 포르셰, 페라리 같은 명품 스포츠카에서 더 나아가 30억 원 수준인 수퍼카 부가티에 버금간다는 것. 그 말을 들었을 때 나는 삼국지에서 조조가 관우에게 선물한 적토마란 명마는 요즘 값어치로 얼마일지 궁금했다.

말 이야기는 다분히 역사성을 지닌다. 우리 조상이 기마민족이냐 아니냐. 민족의 정체성을 두고 학자들끼리 논쟁하는 모습을 텔레비전으로 본 적도 있었다. 고구려에서는 말의 쓰임새가 주로 군사 도구이지 않았을까. 만주는 5월에도 눈이 내린다고 하니 농경만으로는 생계가 불가능했으리라. 짐승을 사냥하거나 이웃 나라에 침

범해서 일용할 물건을 싹쓸이하는 데 말이 중요한 역할을 했으리라 짐작한다. 그 시대 고분에서 발견되는 수렵도나 기마도도 그와 무관하지 않다.

유원지에 가면 말을 태워주고 돈을 받는 사람이 있었다. 호기심 많은 나는 그에게 허락받고 말의 생김새를 오래도록 관찰한 적이 있었다. 말의 큰 키와 기다란 목은 주변을 관찰하기 용이해 보이고, 근육으로 단단히 뭉친 다리가 지탱하는 날렵한 몸통은 역동성으로 넘쳤다. 사람이 말 위에 올라타면 눈높이로도 충분히 권력이 생기고, 어디든 재빨리 달려가 소유욕을 충족하고픈 충동이 생길 거 같았다. 어느 서부영화에선가 말을 탄 채 은행으로 쳐들어가 금고를 터는 장면도 있었다.

나는 다시 말 주인에게 허락받아 말의 엉덩이를 쓰다듬어보았다. 금세라도 바퀴를 움직여 달려갈 듯 엉덩이 근육이 탱탱하게 긴장돼 있었다. 꼬리 밑에 바싹 붙은 똥구멍은 짙은 분홍색이었다. 말의 꼬리가 갑자기 총채처럼 흔들렸다. 그때 뒤로 물러서지 않았으면 큰 봉변을 당할 뻔했다. 말이 선 채로 빠르게 똥을 쌌기 때문이다.

몽골족은 말을 잘 타는 민족으로 전장에서 백전백승했다. 언제나 말이 전쟁의 우세를 보장하므로 항상 빼앗기기만 하는 나라에서도 말 타는 기술을 익혀 재물을 지키려고 했음이 틀림없다. 이렇게 본다면 인류의 전쟁은 말과의 전쟁이지 않았을까. 말과 사람, 말과 창검, 말과 말이 뒤섞인 혼전이지 않았을까.

흥미로운 것은 인류의 전쟁이 놀이문화로 진화했다는 사실이다. 인터넷 게임을 보면 대부분이랄 수 있을 정도로 워게임(wargame)이 성행한다.

어린 시절 나는 구슬치기, 팽이치기, 딱지치기, 비석치기 게임을 맨땅에서 즐겼다. 그러고 보니 이 게임들에 '치기'라는 공통어가 들어 있다. 치기는 팔다리의 회전력을 이용하여 목표물을 가격하는 기술인 데다 승패를 가른다는 점에서 그 본질이 전투적이다. 하지만 말타기만큼 위험한 게임이 또 있었을까. 도움닫기 선수처럼 달려와 친구들 등을 깔아뭉개고도 부상자가 생기지 않았던 걸 골목길을 관장한 토주신께 감사한다.

펠레가 되고 싶었던 시절

축구광인 나는 1968녀부터 빼놓지 않고 월드컵을 시청했다. 2018년 러시아 월드컵에서 한국은 피파 랭킹 1위 독일을 잡고도 16강에서 탈락했다. 아름다운 몰락이라고 누군가 평했다.

50년 동안 12차례 월드컵을 지켜보니 어떤 흐름이 보인다. 현대 축구는 수비 위주의 조직 축구가 대세인 거 같다. 미드필더는 물론 공격수도 상대의 빌드업을 차단하려 최전방부터 미친 듯 뛰어다닌다. 이른바 압박축구이다. 그러자니 전반전부터 총력전을 펼치는 것처럼 보이고, 선수로선 엄청난 체력을 경기 때마다 쏟아 부어야 한다. 1974년 서독월드컵에서 요한 크루이프를 내세운 네덜란드의 '토탈 사커'가 슬로우 모션으로 보일 정도로 선수들의 움직임은 치열하다.

선수들의 체력은 속도를 지향하기 위해 소진된다. 심지어는

'침대 축구'로 일관하는 이란조차 속도를 감추고 한방을 노린다. 크루이프는 속도를 매우 단순한 어조로 정의했다. "내가 다른 사람들보다 먼저 뛰기 시작하면 내가 빠른 것처럼 보인다." 그런데 축구에서의 속도는 스톱워치로 계량할 수 있는 시간을 의미하기보다 공의 움직임에 대한 빠른 반응이며, 그 이전의 빠른 판단이다. 그러한 판단은 속도와는 분명히 다른 개념이며, 유소년 때부터 수많은 반복으로 축적된 감각적 반응이다.

속도가 빈 공간을 만든다. 빈 공간을 차지하려 수비수, 중원 미드필더, 공격수를 막론하고 죽도록 뛰어야 한다. 그냥 뛰는 것이 아니라 조직적으로 뛰어야 공을 골대에 넣을 확률이 높다. 90분 내내 체력과 속도를 유지하려면 톱니바퀴처럼 조직적이어야 한다. 그라운드 바깥에서부터 유소년 축구를 조직적으로 관리해야 한다.

현대축구는 조직을 위해 개인의 희생을 감수해야 하는 변형 자본주의다. 선수들에게는 불행하지만 과거 군부독재에서 고도성장과 그에 따른 특혜를 내세워 기업을 공영화하고 직원을 로봇화한 것과 별반 달라 보이지 않는다. 크루이프는 이를 간파했다. 조직과 전술을 내세우지만 결과적으로는 우격다짐의 체력전으로 전락했다고 비판했다. 나처럼 오랫동안 축구를 지켜본 사람들이 '축구가 재미없어졌다'고 입을 모으는 까닭이다. 메시와 호날두 같은 스타가 있지만, 그들이 펼치는 경기보다 그들에게 적용되는 이적비와 연봉이 더 흥미로운 것도 사실이다.

그 많던 아이들은 어디로 갔을까?
나는 소망한다. 아이들이 다시금 거리에 넘치기를.
-정릉 2동 골목

어떤 축구선수는 직장인의 판박이다. 적성에 맞지 않는 직장에서 단지 책임감 때문에 밤새워 보고서를 작성하는, 화난 얼굴의 월급쟁이를 보는 것 같다. 전방과 후방에서, 중원에서 죽기살기로 뛰어다니는 기색이지만, 회사에서의 유리한 인사이동을 위한 얍삽한 처세술과 뭐가 다른가.

책임보다는 열정을 보고 싶었다. 아니, 느끼고 싶었다. 다행히 독일전에서야 뒤늦게 열정이 살아나는 것을 느꼈다. 첫 경기인 스웨덴 전에서 한국 선수들은 책임에 짓눌린 모습이었고, 동료에게 책임을 전가하듯 축구공을 차버리는 것이 예민한 시청자 눈에는 보였다.

축구에 빠져드는 재미는 뭐니 뭐니 해도 선수들의 열정이 내 몸으로 뜨겁게 전해올 때다. 수비, 체력, 속도, 전술, 조직…… 그 어느 것도 열정을 넘어설 순 없다고 나는 생각한다.

1968년 멕시코 월드컵 때, 나는 흑백텔레비전을 통해 그 열정이 오직 펠레에 의해 솟아나오는 것을 보았다. 축구를 전쟁에 비유한다면 그는 단연코 전쟁 영웅이었다. 드리블과 킥, 패스와 슈팅, 헤딩이 꽃처럼 그라운드에서 피어났다. 그리고 골을 넣고서 그가 펼치는 세레모니는 제사장이 신께 드리는 기도처럼 경건했다.

펠레의 본명은 에드손 아란테스 도 나시멘토(Edson Arantes Do Nascimento)라는 기나긴 이름이다. 첫 음절인 '에드손'은 펠레의 아버지가 발명가 에디슨처럼 큰 인물이 되라고 붙여준 이름이란다. 그런데도 정작 에드손 소년은 자기 이름이 언제부터, 왜 펠레라는 이름으로 불리는지 모른다고 한다.

펠레의 집안은 가난했다. 펠레의 어린 시절은 제 3세계 빈민층의 전형이었다. 브라질의 다른 어린이와 마찬가지로 펠레는 나락을 줍고 구두를 닦아 집안 생계를 도왔다. 펠레는 가난을 아파하는 대신 늘 천진난만하게 웃었다고 한다. 펠레 역시 브라질의 다른 어린이와 마찬가지로. 축구가 희망이었다. '움직이는 것은 걷어차라. 움직이지 않으면 걷어차서 움직이게 만들어라. 너무 커서 걷어찰 수가 없으면 좀더 작은 것으로 바꾼 다음 걷어차라.' 그 당시나 지금이나 축구는 브라질이라는 나라가 지구에 존재하는 이유였다. 브라질 사람들은 일어설 줄만 알면 걷어차는 법을 배웠으며, 걸음마는 그 다음이었다.

희망만이 유일한 반찬이었던 펠레. 가난이라는 맨밥을 묵묵히 먹으면서 절대로 웃음을 잃지 않았다는 펠레의 어린 시절이 내 글썽이는 눈물 너머에 있다. 나 또한 축구에 열광해서 공이 보이지 않는 밤에도 골목을 뛰어다녔지만 펠레처럼 천성이 낙천적인 아이는 아니었다. 펠레에게도 이를 악물어야 하는 시절이 있었을 것이다. 바닥을 치고 올라오려 뼈를 깎는 노력도 있었을 것이다. 나는 그 어떤 것도 제대로 실천하지 못 했다. 아버지의 갑작스러운 별세로 오랫동안 산동네, 달동네에 전전했던 가족사가 지금껏 내 얼굴에 드리운 그늘임을 나는 알고 있다. 나는 왜 햇살이 쏟아지는 쪽으로 무작정 달려나가지 못했을까. 나보다 더 어려웠지만 희망에 밥 말아 먹으면서 열심히 산 펠레란 소년도 있었는데.

골목을 답사하면서 내가 발견한 건
산동네 사람들이 뜻밖에도 개방적이며 자유분방하다는 사실이다.
그들은 서로를 신뢰하고 사랑하는 데 시간을 아끼지 않는다.
-정릉4동 골목

어둠은 공평하다.
멀리 보이는 아파트도 산동네 골목집들도 이내 어둠에 잠기고,
사람들은 크고 작은 전등불 아래서 하루를 마감해야 한다.
-장위동 골목에서

미아리 고개

미아리 눈물고개
울고 넘던 이별고개
화약연기 앞을 가려
눈 못 뜨고 헤매일 때

이렇게 시작되는 '단장의 미아리고개'라는 노래 때문에 나는 한때 미아리 주변에서 성장한 게 창피했었다. 북조선 인민군에 이끌려 강제 북송되는 사람들의 아픔까지는 생각이 미치지 않았다.

강제 북송 때문인지 동네는 늘 6,25전쟁의 후유증을 앓는 느낌이었다. 상이군인이 자주 찾아오는 것도 그와 무관하지 않는 것 같았다. 그들은 용케 대문이 열린 것을 알고 찾아와 불쑥 쇠갈고리 손을 내밀었다. 그러면 공포에 질려서 그들에게 돈이나 쌀을 내줘야 했다.

단장의 미아리고개는 6,25전쟁의 한이 서린 노래지만, 노래가 생기기 전부터 미아리 고개는 기분 나쁜 역사를 곱씹어야 했다. 미아리 고개의 옛 이름인 '되노미 고개'는 병자호란 때 되놈(胡人)이 고개를 넘어와 생긴 이름이고, 일제 강점기에는 지금의 망우리에 버금가는 공동묘지였다. 총독부가 묘지를 조성했으니, 상여를 메고 곡소리를 냈던 눈물고개였다. 집을 지으려 땅을 파면 종종 백골이 삽에 걸려 나왔다. 동사무소에서 사람이 나와 백골을 처리할 때까지 구경꾼들은 백골을 둘러싸고 떠날 줄 몰랐다.

1950년대 후반 공동묘지를 경기도 광주로 옮겨간 뒤부터는 점(占)집들이 들어서기 시작했다. 한낮에도 징소리가 들리는 곰보할머니 무당집이 있었으며, 피리를 부는 옹니박이 박수가 무당집에 드나들었다. 밤이면 호루라기 소리가 어둠을 날카롭게 가르며 들려왔는데, 이내 짙은 선글라스를 낀 맹인 안마사가 똑똑똑 단장으로 길을 짚으며 나타났다. 곤혹스러운 건 누군가 어디 사냐고 물을 때였다. 돈암동에 산다고 하면, "아, 그 동네에 점쟁이들이 많이 산다며요"라는 말로 이어져 낯을 붉히기도 했다.

공동묘지가 있던 곳이라선지 흉흉한 소문이 동네에 떠돌곤 했다. 영화배우 김지미와 최무룡이 살던 저택이 있었는데, 무슨 일인지 그들은 집을 비워두고 동네를 떠났다. 담장 너머로 오래된 느티나무가 보이고, 햇빛을 반사하는 유리창이 많은 집이었다. 언제부턴

동선동 사람과 서선동 사람이 오고가기에 미아리 고개는 너무 길었다.
이를 궁휼히 여겨 누군가 미아리 고개 중턱에 굴을 뚫었다.
동네 사람들은 이를 '굴다리'라 부른다. 굴이면서 다리라는 뜻이다.

가 그 집에 귀신이 들락거린다고 했다. 자정이면 어김없이 유리창 깨지는 소리가 들려서 인근 사람들을 오싹하게 했다. 경찰이 수차례 집을 수색했지만 깨진 유리창만 밟힐 뿐 단서를 잡을 수 없었다. 소문이 널리 퍼져서 신문에까지 났다. 나중에 부동산업자가 집값을 낮추려고 저지른 소행이라는 기사를 읽고 사람들은 혀를 찼다.

어느 동네를 가든 곳곳에 교회가 있었다.
크리스마스 때면 기독교 신자가 아니라도 교회로 가곤 했다.
오로지 눈깔사탕과 비스켓 때문에.
-정릉 2동 성심교회

미아리 고개를 지나면 길음동이었다. 이명박 정권 때 길음동 산동네에 재개발 바람이 불어 '길음뉴타운'이 형성됐지만, 미아리란 지명에 깃든 해묵은 애절함 때문인지 뉴타운이란 꼬부랑말이 지금도 어색하게 들린다. 나는 유년시절을 보낸 돈암동보다 길음동에 더 오래 살았다.

길음동은 초등학교 다닐 때만 해도 얼씬거리기조차 무서운 외곽 동네였다. 빼곡한 판잣집과 시커먼 콜타르 지붕, 그림자도 비추지 않는 더러운 하천, 하천 주변의 천막과 움막, 넝마주의와 부랑자들, 짱돌을 움켜쥐고 눈을 치뜬 아이들…….

미아리 텍사스라고 부르는 집창촌이 길음동과 찻길을 사이에 두고 마주 보고 있다. 동네 이름은 하월곡동이다. 미아리 텍사스는 도시정비구역인 동시에 재개발지역이지만 조합원 내부의 갈등으로 철거부터 난항을 겪는다는 소식이다. 꺼진 불도 다시 보자. 재개발로 없어진 줄 알지만, 여전히 수십 개소가 타다 남은 구공탄 불처럼 시들시들 영업 중이다. 당연히 창녀들이 남아 취객들을 맞이한다. 윤락행위가 컴퓨터와 스마트폰 뒤에 숨어 교묘하고도 은밀하게 꿈틀거리는 지금도 그녀들은 유리창 안쪽에서 완전연소의 시간을 기다리고 있다.

크리스마스 씰(Seal)과 편지

밤새 편지를 썼다가 구겨버리고, 다시 써서 그녀에게 보낼 연애편지를 완성한다. 새벽녘, 봉투에 주소와 이름을 쓰고, 마지막으로 침을 발라 우표를 붙인다. 침을 바르면서 그녀와 따뜻해지길 간절히 소망한다. 우표에 침 바를 때 단번에 혓바닥에 올려놓고 문지르지 마라. 혀끝으로 살살 우표 가장자리부터 핥다가 혓바닥에 고인 타액으로 중심부를 발라줘야 접착력이 강해진다.

우표와 마찬가지로 사람에게도 침을 잘 발라줘야 애정의 온도가 높아지고, 높아진 온도는 오래도록 식지 않는다. 벗들아, 남편이나 아내에게 정성껏 침 바르는 일을 게을리 마라. 서로에게 침을 잘 발라줘야 하나로 섞이고, 잘 섞인 침은 아교풀보다 단단하다.

꽤 오래전 초등학교 친구들 카페에 장난처럼 이렇게 쓴 적이 있었다. 인터넷이 생겨 메일이 편지를 대신하면서 크리스마스 카드를 주고받는 일이 없어지다시피 했다. 덩달아 크리스마스 우표와 실의 존재도 기억 너머에서 가물거린다. 요즘엔 단톡방이란 것을 스마트폰에 만들어 사람들이 소통한다.

무심코 펴든 책갈피에서 오래된 엽서가 툭 떨어졌다. 엽서에 붙은 씰을 보니 불현듯 생각난다. 씰이 결핵환자를 돕기 위한 기금마련책이란 사실을 어느 수업시간에 들은 것 같다. 어린 마음에도 그들을 도와야 한다는 생각에 코 묻은 돈을 만지작거렸을 것이다. 그모습이 어른거려 주름진 얼굴이 환하게 펴질지 그때는 몰랐겠지. 어느 소설에서의 구절이 떠올라 잔잔한 바람처럼 물살을 쓸고 지나간다. 그 후로 오랜 세월이 흘렀다…….

예수가 예루살렘에서 태어났다는 날이 가까워지면 문구점에 들러 마음에 드는 카드를 고르느라 오래도록 좌판 곁을 서성이곤 했다. 한결같이 갈 수 없는 나라의 풍경들이었지만, 저마다 반짝이면서 아름다웠! 그래서 김종삼 시인은 내용 없는 아름다움이라 노래했던가. 아무런 조건 없는 선행, 아무런 대가도 없는 보시는 사막에서 갑자기 눈이 내리듯 경이롭다. 결핵, 홍역, 장티푸스, 뇌염 같은 전염병을 비롯해 누구나 기피한 문둥병이라 부른 한센병이 만연한 시기였다. 우리 베이비부머에게는 인간을 살리려는 애틋함이 있기에 비록 가난해도 살아볼 만한 시절이 있었다. 인(因)과 연(緣) 사이에 무지개를 걸어 놓는 마음이라 8월에도 크리스마스를 맞이할 수 있었다.

아라비안나이트

큰 누나였는지 작은 누나였는지 내게 말했다. 아버지 구두를 닦으면 용돈을 얻을 수 있단다. 한 번 해보렴. 그 말을 믿고 아버지가 외출하기를 기다려 말끔히 구두를 닦아 놓았다. 아버지가 그 구두를 신으려다 말고 힐끔 나를 봤다. 그러더니 뒷주머니에 손을 넣어 지갑을 뺐다. 지폐 한 장을 꺼내 내게 주고는 대문을 향해 걸어 나가셨다. 오, 수고했어. 어찌 구두를 다 닦았니. 내 아들 정말 착하다. 그런 말이라곤 없었다. 내 아버지는 그런 분이셨다. 그리고 그런 성격의 일부를 내가 물려받았다.

그런 아버지에게서 초등학교 입학한 날 저녁 평생토록 잊지 못할 책들을 선물 받았다. 늘 무뚝뚝하고 근엄하기만 했던 아버지였는데 너무도 의외였다. 그 책들로 인해 나는 아버지가 사랑방에 세 들어 살던 수양이 엄마와 바람을 피운 일 등등 어떤 잘못도 용서하기로 했다.

그 책들은 한 권도 남아 있지 않지만, 아라비안나이트는 선물로 받은 세계아동문학전집 가운데 11권이었음을 나는 기억한다. 안데르센이나 그림형제 동화집, 한국전래동화 따위 다른 책들도 흥미로웠지만, 유독 아라비안나이트에서 눈을 뗄 수 없었다. 지금 생각하면 설화의 저변에 깔린 기묘한 성의 세계에 호기심을 느꼈기 때문인 것 같다. 그때 나는 이성에 눈을 뜬 시기라고는 할 수 없었지만, 잠재적으로는 눈을 뜰 준비상태 아니었을까.

페르시아 왕 샤흐르야르는 사냥에서 돌아와 아내의 간통을 목격하고는 그 즉시 왕비와 정부인 흑인 노예를 척살한다. 그때부터 세상의 모든 여자를 증오하여 밤마다 나라 안의 처녀를 수청 들게 하고는 이튿날 죽여버린다.

절대 군주의 악행이 극에 이르자 대신의 딸인 샤흐라자드가 왕의 마음을 돌려놓기로 결심한다. 그녀는 타고난 이야기꾼이었다. 매일 밤 빼어난 이야기 솜씨로 왕의 흥미를 돋우면서 하루하루 죽음을 모면한다. 그래서? 다음 이야기는 어떻게 되지? 오늘은 여기까지예요. 샤흐라자드의 생명 연장은 왕의 회개로 이어진다. 어부와 악마의 이야기, 짐꾼과 바그다드의 세 소녀 이야기, 알라딘과 요술 램프 이야기, 알리바바와 40인의 도적 이야기, 신드바드의 모험 이야기를 들으면서 깨달음에 이른 왕은 마침내 샤흐라자드를 왕비로 맞아들여 선정을 베푼다.

천일야화로 불리는 이 기서(奇書)의 원제가 천 한 개의 밤이란 사실을 나는 극히 최근에야 알았다. 이야기 하나하나가 또 다른 하나의 큰 틀 속에 포함되는 액자소설의 구조를 이루고 있었다. 아라비안나이트의 기원은, 여러 학설이 난무하지만 6세기경 페르시아 사산 왕조의 고대 설화집 하자르 아프사나(천의 이야기)라는 것이 정설이다. 여기에 바그다드와 이집트 카이로에서 전승해온 이야기를 추가하면서 개작과 윤색을 거듭하다가 13~15세기에 이르러 현존하는 형태로 완성된다.

아라비안나이트는 다양하고도 구체적인 인간 삶을 보여준다. 읽는 재미와 더불어 진실에의 접근을 유도하고 있어 만만찮은 깊이도 느끼게 한다. 언제나 선이 악을 누르는 귀납법은 이슬람 종교의 영향임이 분명하다. 철저한 인과응보, 아울러 적선과 덕행은 어김없이 알라신의 보장을 받는다. 나는 때때로 고지식한 사람이란 소리를 듣는데, 아무래도 아라비안나이트를 골백번도 더 읽었기 때문인 듯싶다. 그러나 아라비안나이트를 자세히 들여다보면 꼭 그렇지도 않다. 얼핏 눈에 띄지는 않지만 인간에 대한 이해, 용서, 사랑, 해학으로 가득 차 있다.

조만간 나는 아라비안나이트를 세 권 사려고 한다. 한 권은 죽을 때까지 곁에 두고 읽을 것이고, 나머지 두 권은 나의 두 딸에게 한 권씩 선물하려다.

청계천 박물관에서 본 앉은뱅이 책상

락희

사람들 사이에 개가 있다.

개만큼 사람들 곁에 오래 살아온 동물이 있을까. 화석에 나타난 최초의 가축이라니 말이다. 그뿐 아니다. 우주에 공화국을 건설한 다면 사람들 곁으로 가장 먼저 개가 다가올 것이다. 그도 그럴 것이, 이제 사람은 이제 개 없이는 살 수 없을 만큼 고독해졌다. 개 키우는 일이 사람 키우는 일만큼 힘들다 하면서도, 개에게 밥을 주거나 개가 똥오줌 싸는 데로 따라다니는 일을 마다하지 않는다.

개 또한 사람을 떠나 살 수 없을 만큼 둘 사이는 그 인연이 깊고 오래다. 그래서 그런지 사람과 개는 쉽사리 서로 알아본다. 아니, 개가 먼저 사람을 알아본다. 개의 놀라운 후각은 어떤 두꺼운 어둠 이라도 뚫고 와서 나를 찾아낸다. 개가 내 곁에서 꼬리를 칠 때 나는 개에게 묻는다. 너 정말 누구니?

개는 정말 누굴까. 사람이 늑대를 데려와 개로 키웠다는 주장이 있지만 그 신빙성에도 여전히 추측일 뿐이다. 그 많은 화석과 유물을 살펴보아도 최초의 사람이 누군지 수수께끼이듯 최초의 개가 누군지 장담하기 어려운 것이다. 개의 조상이 늑대란 추측은, 늑대의 조상이 개라는 개연성과도 맞물린다. 사람이 키우던 개가 광야로 도망쳐서 늑대가 되었다는 이야기다. 그렇다면 개는, 사람이 가축으로 키우기 이전에 이미 개였을까?

역사는 두 발로 걷는 사람이 손으로 기록한다. 네 발을 모두 땅에 딛어야만 하는 개에게는 기록할 손이 없다. 개는 대신에 뛰어난 후각으로 역사를 표현할 뿐이다. 어둠을 뚫고 내게 다가온 개는 늑대와 살기를 거부하고 사람에게 다가온 개의 후손인지도 모른다. 사람과 살갑게 살기를 희망하는 개의 유전자가 꼬리를 친 것이다. 그 꼬리를 흔들어 먼 옛날 동굴에 살던 사람을 같이 살자고 유혹했으며, 때로는 꼬리를 내려 복종을 표시했을지도 모른다.

다 틀렸어. 누군가 내 앞에서 고개를 세게 휘젓는다. 개는 당신의 전생이거나 당신과 가까웠던 혈연이 개로 현현한 거야. 당신의 부모거나 자식일 수도 있단 얘기지. 이쯤이면 역사 너머에서 개의 존재를 바라봐야 한다. 이쯤이면 개를 개라거나 늑대로 추측하는 것 자체가 신성 모독에 해당한다.

개처럼 다양한 종자를 지닌 동물은 없다. 그만큼 생명력도 왕성하다. 개의 생명력은 사람에게 기대 살면서 얻어먹은 음식에서 생

-북아현동 산동네에서

긴다. 멸종으로 치닫는 늑대에 비해 개는 왕성한 생존력과 번식력으로 지구를 쏘다닌다. 물론 얻어먹은 밥값을 톡톡히 치른다. 사람을 위해서라면 자신과 같은 동족이자 혈통인 개에게 달려들어 목덜미를 물어뜯고, 사람이 배고플 때 따뜻한 음식이 되어 밥상에 오른다.

결국, 사람과 개는 서로 필요해서 공존한다는 것을 알 수 있다. 그러나 두 종은 공존을 넘어서는 관계로 발전하고 있다. 사사로운 애정이 사람과 개 사이에 오고간 지 오래다. 언제부턴가 지구인들은 매우 고독해지기 시작했고, 더 많은 개가 필요해졌다. 전 세계 개의 개체수가 10억 마리 이상이라 추정하는 학자도 있다. 이제 개를 애완견보다는 반려견으로 부르고 있다.

어렸을 때 나는 락희라고 부른 개를 키웠다. Lucky에서 비롯한 이름인지 희로애락이란 사자성어에서 락희(樂喜)라는 두 자만 빼냈는지 그렇게 부른 까닭을 모르겠다. 락희는 잡종견 발바리, 개의 다양한 유전자를 방증하는 똥개였다. 똥개라고 해서 개의 의무를 게을리 한 적은 결코 없었다. 툇마루 아래 웅크려 햇빛을 핥고 있다가 문기척이라도 나면 쏜살같이 마당을 질러나가 짖어댔다.

한동안 나는 락희를 일찍 보려고 학교에서 파하면 달음질치다시피 귀가하곤 했다. 락희가 내게 표현하는 애정은 내가 사람으로 태어나 일찍이 경험하지 못한 열정이었다. 빗장을 제힘으로 열 수 없는 안타까움에 신음을 내면서 나를 맞이했다. 한시라도 빨리 나를 보려고 발톱으로 대문을 맹렬하게 긁어댔다. 미치도록 누굴 좋아할 때의 모습을 나는 락희를 통해 처음 보았다. 락희만 미친 게 아니었다. 마당에서 키우던 락희를 이불 속에 껴안고 잤을 때, 엄마는 나더러 미쳤다고 했다.

어느 날 집에 돌아오니 락희가 보이지 않았다. 나는 머리카락을 불불이 세워 락희를 찾으러 다녔다. 울며불며 찾아다녔지만 날이 어두워 발길을 멈춰야 했다. 그날 밤 잠이 올 리 없었다.

락희가 집에 돌아온 건 먼동이 터서 창호지에 희미한 햇살이 비쳐들 무렵이었다. 개 짖는 소리가 환청인 양 아득했다. 발톱으로 대문을 긁는 소리도 들렸다. 락희였다. 어딜 다녀왔어? 내가 물었지만 몸부림치며 짖어대기만 했다.

사람의 눈동자에 빠지기 전에 나는 개의 눈동자에 먼저 빠졌다. 락희의 까만 눈동자에 비친 내 모습을 보다가 잠든 밤이 많았다. 그 눈동자에서 빠져나오는 순간 죽음이 시작된다는 걸 오래지 않아 알았다. 어느 날 자고 일어나니 락희가 쥐약을 먹고 죽어 있었다. 집안에서 가장 햇빛이 닿지 않는 뒤꼍에서였다. 눈을 반쯤 뜨고 있었으나 더 이상 내 모습을 반영할 수 없는 흐린 눈동자였다. 한 사나흘 눈이 퉁퉁 붓도록 울었던 거 같다.

반갑다, 친구야

한때 인기를 끌던 TV 프로 중에, 연예인이 출연해서 학교 동창을 찾아내는 프로가 '반갑다, 친구야'였다. 여기엔 초등학교 동창들이 자주 등장했다. 얼굴만 보고는 쉽사리 찾아낼 수 없으리라 착안해서 초등학교 동창을 의도적으로 등장시킨 것이었다. 연예인이 오랜 시간을 더듬어 기억의 조각을 짜 맞추는 모습은 시청자에게서 흥미와 웃음을 불러내는 데 성공했다. 유행어로 떠도는 '반갑다, 친구야'는 초등학교 동창임을 이윽고 확인했을 때 터져 나오는 마지막 환호성이다. 이 프로를 통해 알 수 있듯이 초등학교 동창은 대개는 기억에서 사라진 얼굴들이다. 기억이 남아 있다 해도 오랜 시간을 거치면서 마모되거나 달라진 얼굴들이다. 또한, 이 프로는 초등학교 동창과의 교분이 대개는 차단된 상태라는 걸 입증하고 있다.

초등학교 때를 기억하지 못하는 한국인은 드물다. 때뿐 아니라 장소를 기억하고, 때와 장소를 함께했던 동창을 기억한다. 이 셋을 꼭짓점으로 삼각형을 그릴 수도 있다. 하지만 기억마다 차이가 있어 그 모습은 부등변삼각형에 가까우리라. 아무리 기억력이 좋기로서니 시간을 초월할 순 없다. 기억은 과거로부터 멀어질수록 퇴화하기 마련이다. 초등학교 동창을 쉽사리 알아볼 수 없는 건 과거로부터 멀어졌을 뿐 아니라, 기억으로부터도 멀어진 과거의 인물이기 때문이다.

시간은 모든 걸 변화시킨다. 단지 변하는 속도가 다를 뿐이다. 사람의 얼굴이 달라지면, 달라진 모습을 지켜보지 않아온 사람들로부터 차단된다. 초등학교 동창을 사무실 복도에서, 건널목 앞에서, 술집에서 마주친들 서로 얼굴을 알아볼 수 없다면 낯선 사이에 불과하다. 과거에 인연을 맺었던 사이라 해도 차단된 현재로는 인연을 회복하기 어렵다.

'반갑다, 친구야'는 그 환호성만큼 극적이다. 몰랐던 친구를 알아보면서 망각의 두꺼운 지층에 묻혀 있던 과거가 단번에 햇살 아래 드러나는 느낌이고, 차단된 현재로 인해 남남일 수밖에 없는 인연이 친구 사이로 급변하는 순간이다. 사람 사이의 낯섦이 한순간 해체되는 장면을 TV는 보여준다. "반갑다, 친구야!"라는 한 마디로 세상은 즐거움으로 가득해 보인다.

'반갑다, 친구야'라는 환호성과 더불어 세상은 즐거워진다. TV 오락프로에 걸맞은 성공이다. 갑작스레 가까워진 초등학교 친구들은 예외 없이 식당으로 가서 즐거움을 연장한다. 식당까지 좇아간 카메라가 세상이 즐겁다는 걸 마지막으로 보여주면서 프로는 끝난다.

거기까지이다. 즐거운 세상을 보여줬으므로 사명을 다했다는 듯 카메라는 그 이후에 대해서는 감감무소식이다. TV라는 21세기 최대의 공개석상에서 만난 초등학교 동창들이 식당을 떠난 뒤 어떻게 달라졌는지는 말하지 않는다. 그들이 그 뒤로도 즐거운 인연을 맺고 있는지 관심을 기울이는 건 제작 의도에 어긋난다. 출연자는 다른 연예인으로 교체되고, 카메라는 지난번과 다른 식당을 찍는다.

시간은 모든 걸 변화시킨다. 사람의 얼굴이 달라지듯 내면도 달라진다. 눈에 보이는 얼굴도 알아보기 어렵지만, 보이지 않는 내면을 알아보기란 더욱 어렵다. 방송국에서 만난 초등학교 친구들이 그 인연을 오래 유지하려면 달라진 얼굴과 더불어 달라진 내면을 이해하기 위한 과정을 거쳐야 할 것이다. 그 이해에 이르는 과정은 지난하여 어떻게 살아왔으며, 어떻게 살고 있는지 서로를 파악해야 한다. 같은 환경에서 같은 삶을 살아오지 않았을 것이기에 서로를 이해하기 위해선 당연히 오랜 시간이 요구된다. 경우에 따라선 초등학교 친구란 과거보다 현재의 그를 슴슴한 눈길로 바라봐야 할 때도 있을 것이다.

'반갑다, 친구야'는 극적이지만 연속성을 지니고 있지는 않다. 초등학교 친구를 처음 봤을 때의 즐거움도 언제든 희석되거나 사라질 수 있다. 심한 경우 보지 말아야 했다고 후회할 수도 있다. 오래전 헤어진 첫사랑과 다시 만났더니 옛날 같지 않더라는, 흔히 들어온 실망의 말과 유사한 상황을 겪을지도 모른다. '반갑다, 친구야'로 즐겁기만 했던 세상은, 즐겁지 않은 상황을 만나면서 평등해진다. 하기야 즐거움과 고통이 시소의 양쪽처럼 오르락내리락하는 것이 세상 이치 아니던가.

행복한 죽음

외삼촌은 간암에 걸리자 술을 더 많이 마셨다. 그 당시 암 진단은 사형선고나 다름없었다. 평생 가난했던 외삼촌은 불치임을 여러 사람 앞에 강조하면서 수술할 돈이 없는 궁색함을 뒤로 숨겼다. 환자가 하루도 빠짐없이 술을 마신다는 소식을 전하는 외숙모의 목소리는 멀고 담담했다.

마침내 임종이 가까워 식구들이 모였다. 외조카인 나까지 그 자리에 끼어 가득이나 작은 방안이 꽉 차버렸다. 모두의 시선을 받으며 외삼촌은 멋쩍은 표정을 짓고 있었다. 외삼촌이 누운 솜이불은 외숙모가 시집올 때 장만해온 예단인지 청실홍실이었다. 아끼고 아꼈던 이불을 마지막 가는 길에 펴놓은 셈이었다. 그런데 외삼촌이 외숙모를 보며 자꾸 눈짓했다. 외숙모는 알아들었다는 듯 자리에서 일어나더니 잠시 후 되돌아왔다. 놀랍게도 외숙모가 소주병을 들고 와서 모두의 눈이 휘둥그레졌다. 외숙모가 소주병을 따더니 빨대를 꽂았다.

"실컷 드시구 저 세상에 가슈."

얼마 전 호주 출신의 저명한 생태학자 데이비드 구달이 스위스를 찾았다. 그는 안락사를 금지하는 국내법을 피해 비행기로 장장 10시간을 날아갔다.

죽기 전날 그는 손자 3명과 식물원을 구경하고, 평소 좋아했던 피시앤드칩스와 치즈케이크를 먹으면서 시간을 보냈다고 한다. 구달은 최후의 장소인 바젤의 병원에서 애청곡인 베토벤 교향곡 9번의 마지막을 들으며 진정제와 신경안정제를 투여받았다. 그리고는 가족들이 지켜보는 가운데 치사제와 연결된 밸브를 제 손으로 열었다.

향년 104세. 누군가 구달에게 죽음의 불가피성을 언급했다면 희미하게 웃어넘겼으리라. 구차하게 목숨을 구걸하지 않겠다는 게 소신인 그는 안락사를 선택한 까닭을 허심탄회하게 털어놨다. 앉아 있는 것밖에 할 수 있는 것이 없어서 죽음이라도 자유롭게 선택하고 싶었지요.

죽음과 더불어 피할 수 없는 운명이 늙음이다. 내 친구는 소읍에서 병원을 경영하다 접고 노인병원 의사로 근무한 지 3년째다. 누구 보증을 섰다가 책임을 떠안은 그는 월급을 받아 빚을 갚아야 할

죽음은 인정하든 반항하든 항상 미소를 지으면서
소멸시키고 부정하는 숙명적이고도 부드러운 손길이었다.

알베르 카뮈의 『행복한 죽음』에 쓰인 글이다.

– 제기동 골목길에서

처지에 빠졌다. 그는 자신이 돌보는 환자처럼 언젠가 자신도 노인 병원에 입원하리라 예상했다. 자식에게 휠체어를 끌어달라고 할 수 없거니와 그럴 자식도 아니라는 게 이유였다. 친구는 몇 가지 노인성 질병을 걱정했는데, 뇌 기능의 무력을 가장 두려워했다. 불교신자인 그는 뇌를 제 맘대로 제어하지 못하는 상태란, 오온(五蘊) 가운데 행(行)에 속하는, 의지의 상실과 직결된다고 했다. 의지가 없어지면 선택도 없어지기 마련이지. 이제 우리는 선택할 수 없을 때를 대비해야 해. 그는 그럴 수만 있다면, 안락사에 동의하는 어떤 계약서를 미리 작성해놓고 싶다고도 했다.

남의 얘기가 아니었다. 내 키는 17살 때 성장을 멈췄다. 고등학교 2학년 때 양호실에서 178cm임을 알았고, 40년이 지난 지금까지 단 5mm 정도 줄었을 뿐이다. 몸과 달리 내 생각은 뇌에 갇혀 있는 것이 답답한지 수시로 바깥세상으로 뛰쳐나왔다. 어느 땐 이기적이고 오만하기까지 한 자, 어느 땐 덜 떨어진 어리석은 자라고 평가받았는데, 세상에 뛰쳐나온 생각이 난폭운전이라도 했단 말인가. 그 생각으로 장편소설을 쓰기도 했으니 아무려나 한바탕 잘 돌아다닌 셈이다. 불교에 귀의했으나 내 생각의 전부가 귀의한 건 아니어서 아직도 나는 용렬한 아집과 아상, 망측한 잡념에 곧잘 사로잡힌다.

그러는 사이 뜻밖에도 몸보다 생각이 더 일찍 쇠퇴해버렸다. 가끔 건망증에 빠지기도 한다. 술친구들이 알콜성 치매라고 진단한 바로 그 증세다. 요행히 스마트폰이 생겨 내 기억이 가물거리는 지점에 나를 데려다준다. 내 두개골에 든 뇌가 스마트폰을 외장하드로 여길 정도로 이제는 뗄 수 없는 사이가 됐다.

기억력만 문제가 아니다. 친구의 말을 듣고서는 기억력의 쇠퇴보다 의지의 상실이 더 두려워졌다. 내 발 대신 휠체어 바퀴가 구를지는 몰라도 내 의지를 대신할 바퀴는 이 세상 어디에도 없지 않은가. 친구가 노인병원에 입원할 때 나도 합류할 가능성이 커졌다. 결국 나도 노인병원에서 말년을 보낼지 모른다는 불길한 예감이 든다. 운이 좋아 치매에 걸리지 않으면 다행이고…….

공연히 이 세상에 와서
지옥의 찌꺼기만 만들고 가네
내 뼈와 살은 저 숲속에 버려두어
산짐승들의 먹이가 되도록 하라

조선조 광해군 때 희언(熙彦)스님의 열반송이란다. 악업을 타파하고 선업을 쌓지 못했던 삶을 숲속의 산짐승들에게 공양하는 것으로 반성하겠다는 노래다. 옛 선사들은 자살을 꿈꾸기도 했다. 폭설이 내리는 한겨울에 깊은 산속을 엉금엉금 기어서라도 들어가다 눈 덮인 채 죽거나, 제주도 가는 배에서 달빛이 흐르는 바다로 풍덩 몸을 던져 죽는 걸 최고의 죽음이라 예찬했다. 그보다 더한 죽음도 있다. 오늘 죽고 싶으면 오늘 죽고, 내일 죽고 싶으면 내일 죽을 수 있다고 어느 선사는 자신했다. 내일 아침에 갈란다. 잠들기 전에 그렇게 말하고 이른 아침 육신을 벗어버린 선사도 있다고 들었다.

한때 코끼리 무덤을 이야기했지만, 아프리카 어느 구석에도 없는 거짓말임이 밝혀졌다. 불편한 진실이지만 인간만이 안락사를 선택할 수 있다. '죽는 것보다 죽고 싶어도 죽지 못하는 게 진짜 슬픈 일'이라고 구달은 생전에 말했다. 호주를 비롯한 국가들이 안락사를 입법화해야 한다고 그는 주장했다. 죽음은 삶의 존엄성을 위한 선택일지 모른다는 생각이 안락사를 '존엄사'라고도 바꿔 부르게 한다. 자칫하면 자살 미화로 들리겠지만, 의사들이 아무 대책 없이 권하는 연명 치료에 비해 그 뜻이 깊은 건 사실이다. 그럴 수만 있다면 장기기증자처럼 거취를 일찌감치 정리할 필요를 느끼는 사람이 예상외로 많을 수도 있다. 특히 노령 빈곤과 고독사가 기정사실로 굳어진 대한민국에서라면 말이다. 나도 안락사를 선택하겠어. 그 말을 하고 싶은데 입안에서 빙빙 맴도는 사람이 한둘이 아닐지도 모른다.

외삼촌은 모로 누운 자세에서 빨대에 입을 댔다. 그 자리에 모인 친척들이 킥킥 웃음을 뱉어냈다. 그러거나 말거나 외삼촌은 있는 힘을 다해 빨대를 빨았고, 그 안간힘으로 동공이 커졌다. 알코올이 몸에 퍼지는지 외삼촌의 부푼 눈동자가 게슴츠레 풀리는 기색이더니 돌연 물고 있던 빨대를 놓았다.

아이고오……. 외숙모가 대성통곡하기 시작했고, 그 자리에 있던 사람들도 따라서 울었다. 그 순간 이상했다. 내겐 왠지 슬픔에 비례하지 않는 울음의 크기로 들렸고, 어쩌면 슬픔을 과장하는 소리로도 들렸다. 그 임종의 자리에 모인 사람들 가운데 더러는 그 울음이 어느 순간 웃음으로 바뀔지도 모른다고 여길 정도로 얼굴들이 밝았다.

성장 경제의 주역이었던 베이비부머 세대.
그러나 언제부턴가 더이상은 성장 신화를 믿지 않게 됐다.
그들은 양극화를 부추기는 불공정한 게임 룰에 주목하기 시작했다.
– 사직동 골목에서

닫는 글

10.26 박정희의 돌연사는, 12.12 전두환이 주동한 쿠데타에 가까운 사태로 이어지고, 그 이후 세상은 소문과 안개, 의혹과 군화소리, 새로운 질서와 검은 공화국이 혼종교배하는 시기였다. 나는 그때 저 유명한 기형도의 시 '입속의 검은 잎'에서처럼 먼 지방으로 가는 대신, 먼지의 방에 틀어박혀 귄터 그라스(Gunter Grass)가 쓴 소설을 읽고 있었다. 집단의 광기가 난무하는 상황을 '양철북'은 이렇게 표현한다. '이미 개성적인 인간은 자취를 감추었다. 개성이 사라졌기 때문에 인간은 고독하고, 누구나 똑같이 고독하므로 개성적인 고독을 주장할 권리도 없다.'

　나처럼 1958년을 출생신고서에 올린 베이비부머에게 귄터 그라스의 이 말은 끔찍하게도 시의적절해 보인다. 개성보다는 집단을 부각시키는 시대가 우리의 출생배경이었기 때문이다. 6 · 25 전쟁으로 한반도 인구는 급감했다. 부족한 노동력을 보충하기 위한 정부의 출산장려정책으로 베이비부머라고 불리는 다산성의 세대가 태어났다. 우리에게 내린 지상명령은 국가재건을 위한 노동현장에로의 투입이었다. 이후 산업화의 명분으로 포장된 군사독재와 유신헌법이라는 성장배경에서 누구나 고독할 수밖에 없는 존재가 또한 우리였다. 학교와 공장, 감옥과 군대에서 딱딱하게 굳은 혀를 입속에 넣고 다녀야 했던 우리들. 그러나 스무 살의 저녁은 예외 없이 다가왔다. 모든 정거장이 통행금지에 묶여 캄캄했지만 우리가 가야 할 길은 명백했다. 서른 살이 되면 직업을 얻어야 한다. 혹은 결혼해야 한다. 아무러나 생활인의 자격을 획득하고, 생활에 적응해야겠다는 의지야말로 국가 재건과 산업화보다 절실한 서른 살 우리들의 일관된 현실이 아니었나.

변화를 영웅시하던 시기에 변하지 않는 단순성이 존재한다는 사실은 놀랍다. 개성이 사라져 누구나 고독했던 그때나, 개성이 넘쳐서 국가가 고독해진 지금이나, 밥을 먹기 위해 밥을 먹어야 하는 변증법적 고통에는 변함이 없다. 정의는 소수의 몫이었다. 그 소수가 민주투사란 이름으로 온몸을 불을 붙이고 건물 옥상에서 뛰어내렸을 때 다수는 묵묵히 직장을 다녔다. 그때나 지금이나 먹고사는 일이 본능에 가깝다는 건 누구나 알고 있다. 대한민국 성인 남녀가 이른 아침부터 돈을 벌려고 여기저기 돌아다니는 것이나 저 아프리카 동물이 잠에서 깨어나 먹이를 찾아 들판을 헤매는 것이나 무슨 차이가 있단 말인가.

그렇다. 지난 시절 우리가 경험한 억압과 폭력도 사람으로 태어난 까닭에 겪어야 하는 고통의 일부분이었던 것이다. 이 본질적인 시선으로 볼 때 군사정권이 마침내 항복한 6·29 선언도 그리 기뻐할 일은 아니었다. 그토록 열망하던 민주주의를 맞이했으나 사상 초유의 경제위기가 우리를 노동현장에서 격리시켰다. 가장의 지위는 한순간 비에 젖은 공산품으로 전락했다.

우리의 희망은 이처럼 번번이 감시당했다. 그렇다고 절망을 노래할 여유가 생긴 것도 아니었다. 지난 시절은 성실하게 노동해야만 바라는 것을 얻으리란 믿음에 무차별 배반당한 나날이었다. 무엇보다 성공해야 한다는 강박이 우리 모두를 망쳤다. 성공에의 기대가 컸으므로 상처도 깊었다. 이건 빈곤층만의 문제가 아니다. 부유층이나 기득권층도 그들대로 상처를 안고 있다. 상처를 치유해야 한다는 생각이 계층을 초월하는 정서가 돼버렸다.

이제라도 프란츠 카프카처럼 실패를 받아들여야 한다. 곤혹스럽겠지만 그래야만 약간의 희망이라도 품게 된다. 카프카는 끔찍할 정도로 정직하게 실패를 기록했다. 비록 명징하게 행복을 제시하지는 않았지만, 피도 눈물도 없는 자본체제를 적나라하게 보여줌으로써 작가로서의 의무를 다했다. 모호하게만 느껴지는 카프카의 소설은 알고 보면 매우 명징한 사실에 기반하고 있다. 카프카의 눈을 빌려 자본체제뿐 아니라 자본체제에 잠식당한 나 자신을 바라봐야 한다. 오늘날 우리가 겪고 있는 거대자본은 19세기에 태어난 카프카가 이미 여러 차례 경고한 것이었다. 물론 소설가 카프카만이 대안이라는 뜻은 절대로 아니다. (책 제목을 '골목길 카프카'로 정하고 나니 카프카가 누구냐는 친구들이 의외로 많았다.).

군이 행복해지려고 애쓰지 말자. 우리는 이미 과거의 골목길에서 충분히 행복했는지도 모른다. 오래된 골목길을 걸으면 처음에는 방황하는 느낌이 들기도 하지만 시간이 지날수록 모든 욕심을 놓아버린 선사(禪師)처럼 마음이 편안해진다. 가족의 소중함을 알며, 어떤 과거와도 화해할 수 있다. 심지어는 다시 살아볼 수 있으리란 희망과 용기도 생긴다.

분명히 내게는 그랬으니, 당신도 한번 골목길을 걸어보라.

고원영 작가가 북아현동 골목길 볼록거울 앞에서
사진을 찍고 있다.

골목길 카프카

어떤 베이비부머의 유년시절

발행일 2019년 1월 11일 초판 1쇄
지은이 고원영
펴낸곳 한스하우스

등   록 2000년 3월 3일(제2-3033호)
주   소 서울시 중구 마른내로 12길 6
전   화 02-2275-1600
팩   스 02-2275-1601
이메일 hhs6186@naver.com

ISBN 978-89-92440-43-1 03810

※ 이 도서는 한국출판문화산업진흥원의 출판콘텐츠 창작 자금 지원 사업의 일환으로
   국민체육진흥기금을 지원받아 제작되었습니다.